Déjà l'automne

Du même auteur
aux Éditions J'ai lu

NUITS DE NOCES
N° 9752

Astrid

Éliard

Déjà l'automne

ROMAN

J'ai lu

À Vincent

Ô laissez-moi en soulever un coin, juste un instant. Il pend devant moi, lourd, immobile, le rideau qui cache l'avenir. Laissez-moi jeter un seul coup d'œil. Et puis, peut-être que je serai trop contente de le laisser retomber.

Katherine MANSFIELD
Journal

1

Michel avait honte d'arriver en Mégane. Il avait l'impression de se présenter en jean à une soirée où les invités auraient décidé, à la dernière minute, sur un coup de tête, d'enfiler un smoking. Il se répétait souvent que les voitures chères n'étaient pas faites pour les hommes comme lui : il était respecté dans son métier, marié à une jolie femme... Conduire une Mégane signifiait qu'il avait réussi sa vie, et méprisait les signes extérieurs de succès, qui ne sont bons qu'à rassurer les faibles... et il n'était pas faible ? Non, il n'était pas faible. Mais ce soir-là, l'idée de garer sa voiture à côté d'une Jaguar ou d'une Porsche – il n'imaginait pas d'autre compagnie – le rendait anxieux. Il avait les moyens d'une belle voiture, ce n'était pas la question, mais pourquoi une Mégane ? Pour un chirurgien comme lui ? Pourquoi pas une berline modeste, sobre, pas trop bavarde ni prétentieuse ? Une Mégane... ça fait le type qui n'a pas d'idée, et aucun goût. Une Smart aurait fait meilleure figure. Une Smart, c'est « sympa ». Heureusement, il faisait nuit. On ne verrait rien. Pas la carrosserie cabossée au-dessus du pare-chocs, ni la couleur indéterminée du velours des banquettes : un violet contrarié, auquel on aurait crié : accouche ! et qui aurait donné un mélange hypocrite de teintes froides, qui évoquent les poches sous les yeux ou un jaune d'œuf en train de pourrir. Oui, la nuit cachait tout cela. Mais demain ?

Les premières notes du *Gloria* de Vivaldi retentirent, cordes et trompette dehors, dans l'habitacle. Éva émit un soupir exaspéré :

— Toi, ça va, on t'a déjà écouté trois fois.

Elle précipita son index sur l'autoradio, et comme elle ne trouvait pas le bouton « stop », elle tapa un grand coup sur la machine, du plat de la main.

— Hé ho, doucement là... il ne t'a rien fait, cet autoradio. Détends-toi, on est bientôt arrivés.

— Justement, j'aurais dû te laisser y aller seul. Edgar Homme... Non mais tu te rends compte ? Comment veux-tu qu'il y ait une place pour nous chez lui ?

— C'est quoi, notre place ? On n'a pas *une* place, chérie... et quand on est jolie comme toi, l'univers entier n'est qu'un petit canapé douillet, où tu peux tranquillement asseoir tes fesses.

Sa main droite quitta le volant, à la manière d'une abeille qui prend son envol, maladroite et lourde de pollen, et atterrit sur sa cuisse. Éva portait une robe en soie trop légère pour un séjour dans cette campagne sombre et boueuse. Elle l'avait achetée la veille. Ça lui ressemblait peu d'étrenner un vêtement pour une occasion spéciale. Pour elle, toutes les occasions se valaient plus ou moins, et ne méritaient en aucun cas ce genre de frais. Le tissu sentait encore l'odeur de plastique des choses neuves et inhabitées. Michel retroussa la robe, il cherchait la peau chaude d'Éva pour la caresser. Une froide caresse dénuée de sensualité. Une caresse comme un cadeau de consolation. Éva congédia la main de son mari et rabattit le pan de sa robe sur sa cuisse.

— Qu'est-ce qu'il m'a dit déjà ? Après le hangar, prendre la deuxième à gauche...

Michel sifflota quelques notes du *Gloria* et chercha le bouton « On » sur l'autoradio, pour donner raison à sa propre musique. De nouveau la trompette. Les violons. À quoi bon protester, il n'écoute rien, pensa Éva. Elle se roula en boule sur son siège, posa le front contre la vitre et commença à compter les gouttes de pluie qui vinrent soudain s'y jeter.

La maison devait être grande, peut-être même était-ce une sorte de château, entouré de douves, et coiffé d'un toit extrêmement pentu pour ne pas gêner la pluie. Éva imaginait un bâtiment en L encerclant une cour peuplée de sculptures, des hommes avec des têtes de cerfs, une Diane chasseresse, les allégories des saisons. Un puits orné d'un rosier grimpant. Un potager, une piscine, et des fleurs qui connaîtraient une deuxième vie, aquatique, dans des vases à l'intérieur de la maison. Évidemment, il y aurait une cheminée dans chaque pièce, des tableaux de faux ancêtres chinés chez les antiquaires – parce qu'Edgar Homme, c'est ainsi qu'elle voyait les choses, n'avait sans doute pas de quoi être fier des siens. Leur chambre serait confortable, et si possible assez éloignée de celle de leur hôte, pour limiter le risque d'une rencontre au saut du lit, au moment où le sommeil vous quitte et laisse sur son passage une odeur âcre et humiliante. L'idéal serait d'avoir une salle de bains attenante, comme à l'hôtel, avec des peignoirs pliés et repassés attendant leur sort sur le rebord de la baignoire... Faites que la baignoire soit blanche ! priait Éva. Les gouttes sur la vitre s'étaient transformées en des dizaines de petits ruisseaux qui coulaient comme des larmes horizontales, balayées par la vitesse de la voiture.

Quelques années auparavant, Éva avait vu un film dans lequel un serial killer prenait en chasse des femmes rousses qui n'avaient rien demandé à personne, mais c'est le principe du thriller. On retrouvait l'une d'elles, qui ressemblait étrangement à Éva, gisante, assassinée dans une baignoire noire. La scène avait été purgée de la moindre goutte de sang, comme si on y avait minutieusement passé l'éponge, à la manière d'un chef cuisinier qui essuie les effusions de sauce sur le bord de l'assiette. Ce corps inerte, plongé dans un bain noir et glacé, sans une seule goutte de sang pour trahir la vie qui venait de s'arrêter, avait profondément choqué Éva. C'est étrange, comme parfois le sang peut être rassurant... Éva n'avait plus jamais revu cette actrice dans laquelle elle reconnaissait quelques-uns de ses traits, ni de baignoire semblable, mais elle savait que de telles baignoires existent, et que l'une d'elles l'attendait peut-être, quelque part.

La voiture s'engagea sur un chemin de terre. Dans la lueur des phares, il semblait un gigantesque serpent luisant.

— Si on ne s'est pas trompés, la maison est au bout, dit Michel les yeux plissés, pour tamiser les gouttes qui lui brouillaient la vue.

Éva frictionna ses bras nus, et chercha sur la banquette arrière sa veste en daim. Elle se sentait ridicule dans cette robe sophistiquée, si pâle, si fragile, qui allait dans quelques instants affronter le déluge. Cinq minutes de pluie, cinq minuscules minutes, et le monde, les fleurs, les forêts, les maisons, les routes, les villages, tout n'est plus qu'un barbare tas de boue, pensait-elle. Elle espérait qu'Edgar Homme était suffisamment puissant pour avoir négocié un climat moins humide au-dessus de sa maison.

— Il est très riche ? demanda-t-elle soudain à Michel.

— On dirait une petite fille qui ne sait pas ce qu'est l'argent... Il n'est pas riche, chérie. Il est blindé. Rien ne lui résiste, regarde, même pas nous. Il nous invite pour le week-end, on hésite quoi ? trois secondes tout au plus, tu t'achètes une nouvelle robe, et on rapplique, dans notre petite voiture normale de gens normaux.

— Je l'ai fait pour toi, je te signale. Par solidarité conjugale. Tu crois que ça m'amuse d'aller chez ce type, ce... cet Edgar Homme ?

— Ah ben non, bien sûr, toi t'es au-dessus de ça. Les people, les paillettes, ces torchons sur la vie de stars que tu t'achètes toutes les semaines... tu vas me dire que c'est d'un ennui mortel, hein ?

Michel prenait un air faussement patient, les mains dressées verticalement sur le volant. Ils avaient eu cette discussion des dizaines de fois avant de partir.

— Ne me dis pas que ça ne t'intéresse pas de savoir ce qu'il prend au petit déj, ou si sa femme a un gros cul. Prends ça comme, je ne sais pas moi, une expérience, un truc insensé qui n'arrive jamais dans la vie. Non ?

Éva avait la tête rentrée dans ses épaules. Recroquevillée sur elle-même, elle jouait avec son bracelet-montre. Ouvert-fermé-ouvert-fermé-ouvert... il dégringola de son poignet dans les plis soyeux de sa robe.

— Putain Éva, arrête d'être sérieuse, comme ça. Il y a une foule de choses plaisantes à vivre si on les prend avec un tant soit peu de légèreté. Tu vois le port de Saint-Tropez ? Tous ces badauds qui bavent devant les yachts, essayent de deviner à qui ils appartiennent et quel genre de vie on peut mener à bord de ces bateaux ? Ben voilà, c'est la même chose pour nous, sauf qu'on a notre ticket d'entrée. On est *invités*.

Plus ils avançaient, plus la boue s'épaississait sur la route, et la Mégane dut ralentir. Au loin, un couple traversa le chemin en courant, ils étaient excités comme des chevaux fuyant le feu. Où pouvaient-ils aller ? Il n'y avait rien que de la boue et de la nuit. Ils avaient l'air trempés sous leurs ponchos en plastique fluorescent. En les voyant, Éva se dit que, sous la pluie, une robe en soie n'est pas moins idiote qu'un imperméable qui prend l'eau. Elle jeta un œil sur la route, dans laquelle les pneus de la Mégane creusaient des tranchées, puis articula ses orteils nus dans ses sandales. Quel temps de merde… Un 31 juillet, qu'est-ce qu'elle y pouvait ?

— Tu lui as fait quoi à Edgar Homme, pour qu'il t'adore à ce point ? demanda Éva, suspicieuse.

— Je lui ai montré une photo de ma femme.

— Je suis sérieuse.

— Mais c'est la vérité. C'est la première chose que voient mes patients quand ils arrivent dans mon cabinet : toi, un été, sous un grand chapeau de paille. Qu'est-ce que tu veux, tu les détends. Ils abandonnent leur anxiété dès qu'ils te voient.

Éva détourna la tête et se mit à regarder droit devant elle la pluie que les essuie-glaces ne parvenaient pas à chambouler. Ces derniers temps, Michel était devenu très flatteur, trop flatteur, envers sa femme. Il avait des compliments plein la bouche, qui provenaient du fin fond de sa mauvaise foi, lui collaient aux dents et lui coloraient la langue comme un bonbon chimique. Un jour, il avait même eu le culot de lui dire qu'elle était « bandante », elle, qu'il n'avait pas touchée depuis des mois ! Éva se doutait qu'il cherchait à se rassurer sur un point dont il n'était plus certain. Sa beauté. Son visage était beau, sans doute, mais parce qu'il portait le souvenir d'une grâce, d'une élégance, passées. C'était un visage qu'on appréhendait comme les ruines du forum romain, avec respect, dévotion même, on y admirait ce qui était resté debout malgré la chute. Ses joues creuses, comme des lacs asséchés, eh bien il y a un temps c'étaient des petites collines roses et rieuses. Ses yeux n'étaient pas gris et délavés, mais verts, et lumineux, Michel avait inventé un mot pour cela, *vert luisant*. Il n'aurait alors jamais souligné sa beauté, c'était si évident. Mais maintenant... Il faisait comme ces marchands voleurs qui trempent un caillou dans de l'encre, et prétendent vous vendre un saphir. Il avait besoin de la lustrer, sa petite femme, il la polissait en répétant qu'elle était la plus belle, il prenait le monde à témoin. Eh, vous voyez bien que c'est une beauté ! Éva était pudique, alors elle souriait, et faisait semblant d'ignorer ce qui pourrait éclater un jour de ses sourires amers.

— Qu'est-ce que tu lui as fait ? Je veux dire, comme opération ?

— Rhinoplastie. Mais tu ne remarqueras rien, il reste Edgar Homme.

— Edgar Homme, c'est du toc de toute façon. Même son nom, c'est un pseudo.

— Comment tu sais ça ?

— Je sais pas, c'est... ça semble évident. T'en as vu beaucoup des Edgar Homme dans l'annuaire ? Il serait né avec un nom pareil, prêt à la célébrité ?

Éva avait rougi, et elle joua des épaules qu'elle remua comme une danseuse de cha-cha-cha pour retirer sa veste en daim. Une bouffée de chaleur avait déposé un voile moite sur sa robe, dont le tissu se ratatinait en plis humides dans le bas de son dos et entre ses jambes. Mais dès qu'elle fut bras nus, un frisson glacé parcourut son corps tiède. Michel venait d'ouvrir sa vitre.

— Il ne pleut plus. Sens-moi cette odeur de terre mouillée, sens comme c'est bon ! On va se régaler ici, tu vas voir. Tiens, il y a de la lumière. Ça doit être ça, là-bas, dit-il en passant la tête dehors, sans quitter sa direction des yeux.

Une seule fenêtre était allumée. Un petit carré jaune dans la nuit. Bizarrement, la lumière ne bavait pas sur les bords, et restait circonscrite dans la lucarne, si bien qu'il était impossible de deviner à quoi ressemblait la maison, une masse obscure taillée dans une obscurité encore plus dense, plus noire. Cependant, de là où ils se trouvaient, à une centaine de mètres, Michel et Éva entrevoyaient quelque chose d'assez modeste, pas un château avec douves, mais plutôt une petite bicoque sans grand confort, avec les murs de travers et un toit qui fuit.

Michel ralentit, puis s'arrêta.

— On a dû se tromper quelque part. Ça lui ressemble pas du tout, on dirait la maison de ta grand-mère en Ardèche.

Il alluma le plafonnier, et fouilla dans la boîte à gants pour dénicher sa feuille de route avec les indications d'Edgar Homme.

Éva allait déplier le pare-soleil pour accéder au miroir qui y était incrusté, quand la sonnerie du téléphone portable de Michel se déclencha.

— Mitch ? Qu'est-ce que tu fous ? T'es tombé en panne ? Allez, venez vite, c'est tout droit.

— C'était qui ? demanda Éva, la main en l'air, hésitant encore à faire apparaître le miroir.

— Homme. Il dit que c'est tout droit.

Michel s'était arrêté au milieu de ses pensées, des pensées complexes qu'il essayait d'aplanir par les battements saccadés de ses doigts sur ses cuisses. On entendait les dernières gouttes de pluie, des retardataires qui avaient été retenues par les feuilles des arbres, et arrivaient après la bataille, tomber comme des pétales sur la terre humide. À cinquante mètres de la maison, Michel commençait seulement à hésiter à y aller. Edgar Homme était un inconnu. Le voir à la télévision, au cinéma, le voir en chair, en os et en sang, sur une table d'opération, ne signifiait pas la familiarité, encore moins l'amitié. Il ne savait quasiment rien de ce type, sinon ce qu'en disaient les journaux, pas toujours en de bons termes d'ailleurs. Une fois, il avait lu qu'Homme avait tabassé un flic et fait de la garde à vue. Il pouvait être violent. Ouais… et alors ? Michel aussi pouvait être violent, et il n'était pas infréquentable. Michel aussi avait pris de la drogue, trompé sa femme, trois fois dont une avec une sorte de pute de luxe lors d'un congrès médical – est-ce que ça comptait pour adultère ? Non, sans doute que non. Ce n'est pas parce qu'il roulait en Mégane qu'il regardait *Qui veut gagner des millions ?* en attendant que Bobonne prépare le dîner. Il connaissait un peu le show-biz… allez, on peut même dire qu'il faisait un tout petit peu partie de ce monde-là, Homme n'étant pas la première célébrité à qui il rabotait l'os du nez. S'il était invité chez Edgar Homme, c'est qu'il devait y avoir une affinité entre eux, un truc qui les liait.

Michel tourna la clé dans le contact, mais il lui sembla avoir oublié quelque chose qui l'empêchait de démarrer. Il considéra Éva, la si silencieuse Éva, qui parlait le moins possible, pour exister le moins possible, Éva qui pouvait rester des heures sans dire un mot, à regarder, même quand il n'y avait rien à voir. Michel ralluma la lumière, comme si cela pouvait lui redonner la parole. Il l'observa longuement, puis se mit à pétrir des nuages autour de son visage, sa bouche de travers esquissait un demi-sourire indulgent :

— Tu devrais te rafraîchir un peu.

— Mais non, ça ira, lui rétorqua-t-elle sèchement.

— Ta brosse, elle est où ?

— Puisque je te dis que ça va...

Son regard était insistant, presque menaçant, Éva lui céda.

— Dans mon sac.

Michel plongea tête la première dans un grand sac qui était posé par terre, entre les chevilles de sa femme. Le cuir, couvé par la peau d'Éva, en avait gardé la chaleur. Michel releva la tête, manquant se cogner contre le rebord de la boîte à gants, il tenait victorieusement dans ses mains une brosse à cheveux et une petite trousse à maquillage. Éva se raidit sur son siège.

— Allez, donne-moi tes lèvres, qu'on leur mette un peu de ça.

Michel étudiait, fasciné, le cylindre rouge cerise qui remontait doucement à la surface du tube. Elle tendit sa bouche et ferma les yeux, en murmurant :

— Pas trop, hein ?

Elle sentit le baiser maladroit du rouge à lèvres, le pinceau aux poils chargés de poudre lui caresser les joues, une brosse onduler délicatement dans ses boucles rousses, et qui n'osait pas les bousculer. L'espace de quelques secondes, elle parvint à oublier pourquoi il la pomponnait ainsi, pourquoi c'était si important pour lui d'arriver au bras d'une femme soignée, pas toute jeune certes, mais distinguée, qui pouvait encore séduire, peut-être. Quelques secondes, elle oublia qui était Edgar Homme. Elle oublia et se laissa mollir dans un abîme de douceur, où les gestes de Michel, malhabiles, presque enfantins, promettaient une tendresse à laquelle elle ne croyait plus.

— Chérie ? Regarde-moi. Ouais... pas mal... Pas mal ? Non ! Ah ah ! Magnifique ! Tu es grandiose, ma chérie, et cette robe, hmm, il haussa les sourcils et ferma les yeux pour mimer l'extase.

— Arrête ton cirque, Michel.

— On peut y aller, maintenant ? Tu es prête ?

— C'est toi qu'on attend.

La maison se dessinait plus nettement, ses contours apparaissaient dans la nuit, tracés dans un bleu à peine plus clair. Elle ne payait pas de mine, et vu la taille, il n'y aurait certainement pas un domestique par étage, une salle de bains par chambre, une cheminée par pièce, un portrait d'ancêtre par mur. On aurait dit un refuge pour Hansel et Gretel, ou bien la maison du Petit Poucet, où il y a si peu de place et si peu d'argent, que les enfants en sont rendus à partager le même lit. Pour le reste, c'était difficile à dire, il faisait si noir, et les phares de la voiture, qui commençaient à donner des signes de faiblesse, n'éclairaient pas plus loin que le bout de leur nez. Est-ce qu'il y avait un jardin, une forêt, un lac, une île ? La nuit est pleine de promesses, que le matin déçoit ou émerveille. Alors qu'ils s'approchaient de la maison, Éva scrutait partout des indices d'un paysage qui se dérobait. Elle crut voir les silhouettes épaisses de chênes, à travers lesquels sourdait une lumière lointaine, qui provenait sans doute d'une autre maison. Dans une petite plaine civilisée, qui semblait coiffée d'un gazon bien propre, et qu'on apercevait derrière la maison, Éva vit un jardin, qui était peut-être bordé de fleurs, le lendemain le dirait. Dans un coin, elle distingua un bric-à-brac de tuyaux ou de cordes, reliés à un poteau, qui devaient être employés à l'arrosage du gazon. Mais elle s'aperçut qu'une des cordes bougeait, et que ses mouvements, métalliques et dénués de souplesse, faisaient plutôt penser à une grosse chaîne.

Ils étaient maintenant à quelques mètres de la maison. Edgar Homme se tenait les bras croisés et les jambes écartées, sur le pas de la porte, la lumière découpait son contour d'un fil d'or. On ne voyait pas bien son visage, mais malgré la fermeté de sa pose, Éva était certaine qu'il souriait, qu'il était heureux de les voir. Il nous prend pour ses jouets, se dit-elle. Au moment où le moteur s'arrêta, et où la voiture fut légèrement projetée en avant sous l'impulsion du frein à main, Éva observa de nouveau le jardin. La chaîne accrochée au poteau s'agitait avec force mais péniblement, elle devait être très lourde. Soudain, une ampoule à l'intérieur de la maison projeta son halo dehors, juste au-dessus du poteau. Éva découvrit apeurée qu'au bout de cette chaîne massive, qu'on aurait dite sortie d'une geôle médiévale, se défoulait un molosse, furieux contre sa vie de chien. Éva resta attachée à son siège, son sac à main sur les genoux, elle refusait de sortir.

— Eh bien, Éva, on est arrivés. Tu sors ?

— Il t'a pas dit qu'il avait un chien.

— De quel chien tu parles ? Allez, chérie, il nous attend…

Michel se forçait à sourire, et être patient, car dans ce genre de cas, il savait que seules la patience et la gentillesse font gagner du temps. Pour pouvoir parler à Éva, il tournait le dos à Edgar Homme, qui les guettait et leur criait un bienvenue fainéant sur le pas de sa porte.

— Éva, qu'est-ce qu'il se passe ? Il faut y aller, là, ça devient gênant… On arrive ! lança-t-il à Homme d'une voix très sûre de gentleman. Éva ?

— Il y a un bouledogue dans le jardin, je suis désolée, Michel, ça me tétanise.

C'était juste ça ? Un chien ? C'était pas bien grave, alors. Et même s'il connaissait par cœur toutes les peurs d'Éva, ses cauchemars, ses phobies – après vingt-deux ans de mariage, il aurait pu en écrire le catalogue raisonné – et ses corollaires impressionnants : tétanie, insomnie, urticaire, il fut rassuré qu'il ne s'agisse que de « ça », un chien.

— Écoute, il va pas te manger, chérie.

Il s'était penché à l'intérieur de l'habitacle, pour lui parler, et lui prendre le bras. Il voulut défaire sa ceinture de sécurité, ça serait toujours ça de gagné, mais elle l'en empêcha brutalement, d'un geste instinctif. Il ne savait pas quoi faire pour la convaincre, et Edgar Homme qui attendait, leur demandait si ça allait… C'était embarrassant.

— Oui oui, c'est Éva. Elle a peur du chien. Mais t'inquiète pas, ça va aller. Hein, chérie ?

À ces mots Edgar franchit le seuil et les rejoignit. Il était en pantoufles, des charentaises. Michel comprit pourquoi il n'avait pas voulu bouger de son paillasson. Le gravier était détrempé, et la laine de ses chaussons allait certainement se gonfler d'eau. Ils seraient foutus.

— Salut, Mitch, bon voyage ?

— Salut ! Oui, merci. Quelques embouteillages à la sortie de Paris mais après c'était très tranquille, on a eu...

— Je suis désolé qu'il vous terrorise ce chien, le coupa Edgar qui se foutait de la nature du trafic ou de l'emplacement des radars sur l'autoroute.

Il fonçait droit sur la portière d'Éva, l'ouvrit, et s'accroupit à côté d'elle. Il leva la tête vers son visage, pour éviter ses cuisses qui s'entrechoquaient dans un tic nerveux, et faisaient crisser la soie de sa robe. Là où il se trouvait, assis sur ses talons sur le gravier mouillé, les cuisses remuantes d'Éva envahissaient son champ de vision.

— Il n'a pas l'air commode comme ça, mais vous savez, il est beaucoup trop vieux pour être méchant, et presque aveugle. Vous imaginez, la nuit, il ne voit rien, mais alors rien du tout. On l'attache pour l'empêcher de se perdre, c'est un fugueur. Ce chien-là, c'est notre chèvre de M. Seguin, si on le lâche dans la nature, il se fera dévorer par un autre chien plus malin que lui. Vous êtes plus maline que lui, Éva. Allez, venez.

Il lui prit le poignet, le retint, puis laissa glisser sa main sur la sienne, avant de l'embrasser.

— Vous devez être affamés. Mimona nous a préparé un petit casse-croûte.

2

Mimona se tenait derrière la porte d'entrée, elle jouait seule avec un Baby-foot déglingué, tenant les rênes des deux équipes adverses. Ses bras étaient trop courts pour lui permettre de tenir les manettes opposées sans se déplacer, alors elle tournait mécaniquement autour du Baby, et préparait ses coups comme au billard, de manière réfléchie, et si lentement que la balle, poussée par la force d'inertie, marquait parfois un but sans qu'on lui ait demandé.

— Qui gagne, ma Mimone ? lui demanda Edgar en la prenant par les épaules, elle lui arrivait juste au-dessus du nombril.

— Les rouges. Les bleus se font avoir comme des bleus. Ah ah ! Elle est bonne ?! Mimona avait atteint cet âge élastique, auquel on donne soixante-dix ans mais qui peut parfaitement en épouser quatre-vingts ou soixante, et où l'on entrevoit parfois l'enfance, au détour d'une ride. Elle riait de sa blague avec une telle innocence qu'Éva se détendit un peu, ses épaules se relâchèrent, et elle laissa le bras d'Edgar enlacer son dos pour la conduire dans la cuisine. Michel les suivait, ses mains dans les poches, il était décontracté, ou du moins, affectait de l'être.

Je passe le week-end chez Edgar Homme. Ben oui, l'acteur. Edgar Homme, y en a pas cinquante. Oui oui, je le connais un peu, un type sympa, vraiment, très simple, pas pédant. Pas du genre à se vanter, ou à étaler son fric. Sa maison, c'est un petit boui-boui de campagne, rien de plus. Éva ? Tu penses, elle est ravie. Ça la sort de son train-train quotidien, faut qu'elle voie du pays un peu, la petite. Edgar Homme ! Faudrait être difficile... Tu vois, Edgar Homme, là, il est devant moi, il touche ma femme, son bras enroulé autour de son dos. Je suis chez lui. Et je suis bien. Il est aimable, il est beau, il est riche, et Éva, mon Éva si taciturne, qui a fait la gueule pendant tout le voyage, eh bien figure-toi qu'elle a l'air de lui plaire. C'est fou, non ?

Dans le couloir qui menait à la cuisine, Michel essayait d'enregistrer tous les détails de ce moment extraordinaire. Ne surtout rien oublier. Il étudiait le téléphone à cadran posé sur une console, un Post-it jaune, avec écrit en lettres rouges « Christina ? » barré d'une croix, un vieil annuaire gondolé. Il y avait tant d'images qu'il voulait attraper avant qu'elles ne deviennent familières, et que l'habitude ne les efface. Un placard ouvert sur une multitude de bottes en caoutchouc et de cirés de toutes tailles, qui faisaient penser à une famille pleine d'enfants dans une maison, qui, c'était évident, se passait de leur visite. Un vieux cor de chasse à l'embouchure tachée de vert-de-gris pendu à une ficelle. Le papier peint auréolé de taches plus claires, là où des miroirs, des tableaux avaient été décrochés. Michel ne voulait rien perdre de ce qu'il voyait, et il revenait sur chaque objet, les bottes, les cirés, le cor de chasse, l'annuaire, afin de les imprimer de manière indélébile dans sa mémoire, lui faire comprendre que tout cela était réel, qu'il n'inventait rien. Il ne vit donc pas ce qui se passait juste devant lui. Edgar Homme qui murmurait quelque chose à Éva, et le regard craintif de celle-ci, qui lui demanda subitement si elle pouvait aller aux toilettes.

Edgar Homme n'était pas tout à fait Edgar Homme. Un peu plus petit qu'il ne le paraissait dans les magazines ou dans le cabinet de Michel, sans doute, moins effrayant et moins moustachu que le comte Zaroff qu'il avait incarné récemment dans un remake. Un mètre quatre-vingt-cinq, de grandes mains alertes, douées d'ubiquité, baladeuses, fouineuses, qui couraient partout, et rapportaient de leurs voyages un ourlet de saleté sous les ongles. Son front puissant commençait à se dégarnir, et il en compensait la désertification en se faisant pousser les cheveux qu'il coiffait en arrière, et qui formaient une chrysalide bombée sur son crâne. Il ressemblait à un dieu déguisé en visite ici-bas pour séduire une mortelle. Un dieu dans un écrin vulgaire, privé de ses atours, et dont il ne serait resté que l'idéale beauté. Il portait une chemise bleu ciel qui sortait négligemment de son pantalon de velours. Il avait laissé ses pantoufles trempées sur le paillasson, et montrait ses pieds nus, si blancs et propres qu'on aurait dit qu'ils n'avaient jamais vu ni le soleil ni la terre. Avait-il fait exprès de se débrailler, pour se mettre au niveau, paraître normal ?

Même négligé, il faisait riche. Même à moitié chauve, on lui donnait trente ans, alors qu'il en avait vingt de plus. Une chemise Dior mal repassée, ça reste une chemise Dior, se disait Éva en cherchant la porte des toilettes. Sous sa veste de daim fermement ceinturée par ses bras croisés, elle cachait l'empreinte de sa vie banale : une robe beaucoup trop précieuse pour qu'elle ne soit pas exceptionnelle sur ses épaules.

La cuisine faisait office de salon, c'était l'endroit privilégié de la maison. Un feu brûlait dans la cheminée. Des casseroles vieillottes, des grands couteaux de boucher, des passoires rouillées et toutes sortes d'ustensiles qu'on n'avait pas utilisés depuis des siècles étaient suspendus comme des breloques à une barre métallique rivée au mur. Michel et Edgar étaient déjà attablés, Mimona dressait calmement la table, verre après verre, assiette après assiette. C'étaient des assiettes blanches de mauvaise qualité, qui donnaient un bruit de dînette en plastique quand elles s'entrechoquaient. Elles étaient légèrement creuses, afin de mettre en valeur le dessin central : l'Arc de triomphe en grisaille.

Edgar Homme avait dû les trouver dans une boutique pour touristes au pied de la tour Eiffel, sur les Champs-Élysées, il en avait acheté tout un service pour sa maison de campagne. C'était peut-être la première fois que quelqu'un les avait choisies pour ce qu'elles étaient : des assiettes. Quand elle eut fini, Mimona se mit à apporter les plats, sans plus de rapidité ni de dextérité, elle prenait à deux mains des ramequins qui tenaient dans la paume. Éva voulut l'aider, moins pour lui porter secours que pour faire quelque chose de ses bras ballants, mais Edgar la somma de s'asseoir, alors qu'il attrapait une bouteille de vin pour lui servir un verre.

Elle remarqua alors que la cuisine était encombrée de meubles emballés dans du papier bulle. Dans le lot, il semblait y avoir un canapé et des chaises. Ils avaient beau être rangés dans un coin de cette pièce spacieuse, ils l'étouffaient, et Éva s'y sentait à l'étroit, coincée entre Michel et Edgar, qui avaient cessé de parler. Le silence gênait Michel, et ses yeux étaient à l'affût d'un sujet de conversation, ils furetaient sur les murs, sur la table, et se satisfirent du tas de meubles emballés.

— C'est quoi ce trafic, Edgar ?

Michel était fier de sa formule nonchalante, genre vieux copain.

— Ici, je vais tout refaire à neuf, dit Edgar en déployant ses bras. J'en ai assez de ces murs crasseux, de ces casseroles dégueulasses : des nids à poussière. Hein Mimona ? Ras le bol de la poussière.

Elle continuait de passer les plats un par un – il y avait à manger pour quinze. En entendant le mot de « poussière », elle haussa ses épaules blanchies de pellicules.

— Je voudrais quelque chose de vif sur les murs, du bleu, du violet, reprit Edgar. T'en penses quoi, Éva ?

— Je... je ne sais pas, il faut que ça aille avec la couleur du canapé.

Elle le pointait du doigt.

— Vous avez...

— *Tu*, Éva, dis-moi *tu*.

3

Dans son cabinet, Michel avait déjà reçu la visite de célébrités, des gens qui, dans la salle d'attente, se laissaient trahir par le foulard ou les lunettes de soleil censés préserver leur anonymat. Il avait remarqué que plus ils se cachaient, moins ils étaient connus, et moins on avait de chance de les reconnaître sans leur déguisement. Devant Michel, ils tombaient délicatement le carré de soie, le chapeau, la perruque qui couvraient leur visage, avant de murmurer : « Vous savez, docteur, j'exerce un métier difficile. » C'était une façon d'excuser les chichis, les chuchotements, de justifier un lifting superflu ou une anorexie qui sapait la collaboration de prothèses en silicone. « Difficile », ça signifiait que Michel allait les comprendre, les aider, dans la plus grande discrétion, bien sûr. Avec Edgar Homme, ç'avait été très différent. C'était un comédien, et une star, pas une starlette. Le jour de son premier rendez-vous, il avait dragué toutes les femmes du cabinet, sans exception : les vieilles, les moches, les mineures, les mères de famille, la secrétaire. Il leur avait récité la tirade du nez de Cyrano à la manière d'une oraison funèbre, trouvé sa Roxane en une septuagénaire qui avait une telle crainte du temps qui passe qu'elle lorgnait sans cesse le cadran de sa montre en sautoir. Les vieilles se gondolaient, leurs rires faisaient trembler les chaises où elles étaient assises, les jeunes rougissaient jusqu'aux oreilles qu'elles comptaient se faire recoller. « Touchez ma bosse », disait-il aux patients en se frottant l'arête du nez. C'était Edgar Homme. N'importe quel inconnu qui passait, il se devait d'en être adoré. Il leur sortait le grand jeu, leur offrait sa célébrité. *Touchez-moi, respirez-moi, allez-y, touchez, touchez !* semblait-il leur dire en se collant à eux, et quand ils n'osaient pas le « toucher » justement, c'était lui qui le faisait, il leur prenait le bras, une épaule, la main, la hanche, s'il s'agissait d'une femme. Il observait ensuite le visage de l'inconnu, où s'étalait en grande largeur le bonheur d'être peloté par Edgar Homme. Les passants étaient un miroir flatteur, qui réfléchissait un Edgar Homme idéal. Dans ce miroir, il se trouvait drôle – il était cabotin –, généreux – il était narcissique. Il se trouvait du charme – c'était une trappe. On enviait ses amis – il en avait perdu beaucoup, parce qu'il préférait l'amour volatil, éphémère mais fulgurant d'un inconnu qui passe, à tout autre amour.

Avec la célébrité, Edgar Homme était devenu un homme d'une indiscrétion éhontée, qu'il considérât sa curiosité comme le cadeau d'une étoile à un ver de terre, ou qu'il ait perdu toute notion d'intimité tant la sienne avait été trouée d'œilletons. Il ne reculait jamais devant une question grossière ou un geste déplacé. Et il avait sans doute raison, parce qu'il était si élégant, si charmeur, si brillant, on lui passait n'importe quelle impolitesse, on en riait même avec lui. Être humilié par un type comme Edgar Homme, ça valait le coup, non ? Avec un peu de chance, ça inspirerait un film, une pièce de théâtre. Une petite main au cul, qu'est-ce que c'était face à l'éternité de l'art ? Voilà pourquoi, lors de leur première rencontre, Michel ne broncha pas quand Edgar se mit à lui poser tout un tas de questions indiscrètes sur la photo posée sur son bureau.

« C'est votre femme ? » Homme venait à peine de s'asseoir. À peine un bonjour, à peine une poignée de main. Il avait repéré le portrait à la seconde où il était entré dans la pièce.

« Oui. » Michel avait pris le cadre dans ses mains, il était à la fois décontenancé par cette introduction brutale, mais flatté qu'Edgar Homme s'intéresse à Éva, c'est-à-dire à lui. C'était rare qu'on lui fasse des remarques sur cette photo, après tout, des photos pareilles – de la femme, des gosses, du chien ou de la maison de campagne –, il y en a plein les cabinets médicaux. Et si on lui avait dit qu'Edgar Homme, un type qui avait embrassé Catherine Deneuve, Monica Bellucci !!!, lui parlerait un jour de cette photo, il ne l'aurait pas cru.

Michel se tenait coi, il savait que la respiration, la voix d'Edgar couvaient de nouvelles interrogations. Il avait compris que la consultation ne commencerait pas tant qu'Edgar Homme ne lui aurait pas posé toutes les questions qu'il souhaitait. Michel s'était enfoncé dans son siège matelassé en cuir, ses yeux s'étaient plissés à la manière des chats qui se mettent à ronronner. *Vas-y, demande. Tout ce que tu veux.*

« C'est étrange, j'ai l'impression de la connaître... Elle me fait penser à quelqu'un. Elle ressemble un peu à ma femme, mais ce n'est pas ça, j'ai toujours su que ma femme ressemblait à cette personne, qui, précisément, ressemble à votre femme... Mais je vous fais perdre votre temps, là... – Mais non, on a tout le temps. On a toujours le temps. – Je suis peut-être un peu indiscret... » Il guettait un signe de Michel qui lui signifierait le contraire.

« Mais non mais non, on est entre personnes bien élevées. Je vous écoute. – Elle s'appelle comment ? – Éva. » Un petit sourire satisfait crânait sur ses lèvres.

« Ave Éva ! Vous avez une très belle femme, docteur. – Merci. » Michel s'était ratatiné de plaisir en entendant le compliment. Il lança un regard plein de fierté virile à Edgar Homme. *Vous savez, ce n'est pas grand-chose*, semblait-il dire comme un pépiniériste présentant ses roses. *Vous les arrosez souvent, pas trop de soleil, un peu d'ombre, surtout pas d'engrais...* « C'est une photo qui ne date pas d'hier », reprit-il dans un sursaut d'honnêteté. Cette Éva-là n'existait plus, celle qui restait était... un peu plus... un peu moins...

« Elle a votre âge ? – Un petit peu plus jeune. – C'est-à-dire... ? quarante, quarante-trois ? – Quarante-cinq. – Combien d'années de mariage ? – Vingt-deux. » Michel dégainait ses réponses de plus en plus rapidement, comme s'il participait à un quiz. *Qui a inventé le Viandox ? Quelle est la plus longue frontière entre deux pays ? Le premier mari de Liz Taylor ?*

« Vous l'aimez encore ? – … – Non, ne répondez pas, vous diriez une bêtise. »

L'interrogatoire était terminé, et Michel presque déçu. Il se rapprocha de son bureau en redressant le dossier de son fauteuil et appliqua ses deux paumes sur le sous-main en cuir. Il n'avait pas tellement la tête à la consultation médicale. Son patient lui avait ouvert l'appétit avec ses questions, et il en voulait d'autres, pas seulement parce que sa curiosité le caressait, lui massait les tempes, lui détendait les muscles noueux de la nuque, mais surtout parce qu'il avait l'impression qu'Edgar savait quelque chose qu'il ignorait. Quelque chose de diffus mais d'essentiel, une intuition. Et une intuition de comédien, d'un homme qui savait interpréter toutes les passions de l'âme, était forcément juste et pertinente selon lui. Michel aurait voulu se dévoiler tout entier devant Edgar Homme, lui confier sa vie, lui dire qu'avec Éva ce n'était plus tellement ça, et que la photo n'était plus qu'un souvenir. Éva s'était asséchée. Il l'aimait pour le passé qu'ils avaient construit ensemble, et le portrait qui trônait sur son bureau, il l'aimait parce que c'était pratique d'avoir une femme, une femme difficile mais intelligente, qui, malgré toutes ses névroses, savait transformer une pièce de bœuf en pot-au-feu, et ce reste de pot-au-feu en lasagnes, et si jamais il en restait encore, elle en faisait des tomates ou des aubergines farcies. Mais était-ce vraiment *aimer* ?

Il aurait voulu lui dire qu'Éva avait perdu sa joie de vivre, son âme s'était voilée, comme on le dit d'une roue de vélo légèrement tordue. Qu'elle avait peut-être raté sa vie. À cause de quoi, de qui ? Machinalement, Michel sortit une fiche cartonnée d'un tiroir et dévissa le bouchon de son stylo plume. Edgar Homme disait quelque chose qu'il n'entendait pas et qui s'acheva dans un rire, un rire sonore qui fit le tour de la pièce avant d'ébranler les pensées silencieuses de Michel. Edgar continuait de rire, il fronça le nez, et de sa bouche grande ouverte s'échappa un borborygme porcin.

« Vous voyez ? C'est abominable. – Oui, j'entends bien que c'est abominable... Qu'est-ce que c'est ? » demanda Michel, qui dévissait et revissait le bouchon de son stylo, il ne savait plus trop où il en était.

« Mais je ronfle comme un porc ! Ma femme y est habituée, mais moi je ne m'y fais pas. – Quelle importance, alors ? Si votre femme s'en moque, et que vous êtes inconscient quand vous ronflez ? – Vous ne comprenez pas, docteur. Ma femme n'est pas la seule femme... »

Michel posa son stylo. Il s'approcha de son patient, fit semblant de réfléchir à son problème en médecin, alors qu'une seule chose l'intéressait : Edgar Homme. Sa vie, ses femmes, ses secrets, ses nuits. Il désirait le connaître, lui parler autrement qu'à travers une ordonnance médicale, il le désirait comme confident, comme frère.

« On va regarder tout ça, lui dit-il en se levant énergiquement de son fauteuil. Vous savez combien de couples j'ai sauvé du divorce en opérant une obstruction nasale ? » Michel arborait un sourire qui se voulait complice.

« Je ne vous en demande pas tant... J'ai déjà divorcé deux fois, je ne suis plus à un divorce près. » Edgar Homme s'allongea sur le lit de consultation. Pendant que Michel examinait l'intérieur de son nez avec une lampe stylo, il lui demanda soudain : « Vous voyez cette petite bosse entre les deux yeux ? J'aimerais bien me la faire enlever. C'est dans vos cordes ? – Rhinoplastie. Rien de plus facile. Mais il faudra revenir me voir, monsieur Homme. »

Ils se revirent en effet. Au cabinet, trois ou quatre fois au bout desquelles Edgar tutoyait Michel. Puis à la clinique. Michel n'en avait pas parlé à Éva, non pas par respect du secret médical – il ne se gênait pas pour l'éventer si cela pouvait le rendre spirituel dans les dîners en ville –, mais parce que la vie professionnelle de Michel intéressait très modérément sa femme. Tu as passé une bonne journée ? Oui, non, elle s'en foutait. Elle se contentait du minimum, car avec les années, les grands brûlés, les femmes mûres qui voulaient des seins immatures (c'était parfois l'inverse), les accidentés de la route à qui il fallait redessiner une oreille, une paupière, celles qui s'offraient un lifting pour leurs trente ans de mariage lui apparaissaient comme les personnages d'une pièce de théâtre qu'on a vue cinquante fois. Lassants. Alors elle avait cessé de s'enquérir de leur santé, de leurs tracas, de leurs rides.

Il y avait une exception pourtant, quand il venait une actrice de télévision dans son cabinet. Michel en parlait nonchalamment pendant le dîner, l'air de dire : « ma vie est passionnante, c'est ton problème si tu ne veux pas faire plus d'effort pour t'y intéresser ». Éva mordait à l'hameçon, le temps d'un ragot sur des femmes qui n'étaient jamais Emmanuelle Béart ou Isabelle Adjani, mais qui avaient un petit quelque chose, Michel leur donnait 3/10 sur l'échelle de la célébrité, et à ce niveau-là, on les reconnaissait au foulard et/ou aux lunettes de soleil qu'elles portaient dans la salle d'attente. Rien d'extraordinaire donc, mais Éva devenait soudain très curieuse à leur sujet. Quel âge avaient-elles ? Semblaient-elles plus jeunes ou plus vieilles qu'elle ? Dans quel état de conservation ?

Si Michel avait gardé secrètes les visites d'Edgar Homme, c'est aussi qu'il se sentait coupable de lui avoir dévoilé son intimité sans rien en échange, pas une seule confidence. L'exubérance d'Edgar cachait une vie privée bien scellée, imprenable. Si Michel racontait cela à Éva, elle lui dirait qu'il n'avait aucune dignité, qu'il s'était foutu à poil devant lui sous prétexte qu'il était connu. Elle lui dresserait la liste des gens à qui on peut faire confiance, et des autres, dont Homme ferait partie, dont il faut se méfier comme de la peste, parce qu'ils sont égoïstes, parce qu'il n'y a que leur petit cul qui compte dans leur vie. Il n'avait donc rien dit. Jusqu'à ce qu'Edgar lui parle d'un week-end à la campagne. C'était une dizaine de jours après l'opération, Edgar était revenu au cabinet médical, pour qu'on lui enlève les fils de suture et le pansement. Son nez était encore enflé, et bleu, un bleu verdâtre de violence conjugale.

« Mais tu as fait ça comme un sagouin, Michel. 5 000 euros, et regarde-moi, je ressemble à une femme battue », s'exclama-t-il face au miroir. Ses longs doigts s'approchaient de son nez, le frôlaient, mais n'osaient pas le toucher.

« Dans trois, quatre semaines, on verra plus rien, et vous me remercierez. Vous verrez. » Michel tapota l'épaule de son patient, il n'osait pas encore le tutoyer mais il se permettait certaines familiarités.

« Dans trois semaines, tu dis ? OK, on ira fêter ça à la campagne. J'ai une baraque en Sologne. Viens avec Éva, Christina sera là. Allez, ça sera sympa. Deux jours, dit-il en dépliant son index et son pouce, comme pour prouver qu'il était de bonne foi, qu'il comptait devant lui, deux jours : un, deux. »

Michel réservait sa réponse, Edgar lui semblait soudain si misérablement seul pour inviter son médecin à la campagne. Il observait le visage de son patient. Le nez boursouflé, jaunâtre et un nuage bleu qui s'étalait en signe de croix sur son front et ses pommettes. Cela lui rappelait une image, un souvenir très vague, une brume à travers laquelle il voyait Éva. C'était étrange, toutes ces choses qui le ramenaient par la peau du cou à sa femme, alors qu'il avait l'impression de s'en éloigner de plus en plus. Comment se faisait-il que sur le nez boursouflé d'Edgar Homme, sur sa tête de sale type, de beau mec à qui on vient de régler son compte, l'image d'Éva voltigeait comme une aigrette de pissenlit prise dans un rayon de soleil ? Quel foutu lien permettait ce drôle d'attelage, l'hématome d'une star... et Éva ? *Il court toujours*. Un film, un des préférés d'Éva, où Edgar Homme tenait un petit rôle de rien du tout, c'était au début de sa carrière, il devait avoir à peine trente ans, il jouait un boxeur qui esquintait sa jeunesse au combat. Éva l'avait bien vu cinq ou six fois, et à chaque fois qu'Edgar se faisait casser la gueule sur le ring, elle se mettait les mains sur les yeux, effrayée, mais finissait toujours par regarder la scène, un œil fermé, un autre grand ouvert, trônant dans le paravent ajouré de ses doigts écartés. Elle ne ratait jamais le sang qui giclait de la bouche d'Edgar Homme, les perles de sueur qui éclaboussaient l'air.

« Mitch ? » Edgar avait sorti son agenda électronique, il était concentré sur le calendrier. « Qu'est-ce que tu dis du 31 juillet ? C'est dans trois semaines. – OK, je vais voir avec Éva et je te dis... – Tu me dis quoi ? Tu me dis que tu viens. Avec elle. Vous viendrez comment ? En voiture ? Faudra que je te donne des indications, parce que c'est pas évident à trouver. Elle est complètement perdue dans la nature, cette maison »

4

Il n'y avait que deux chambres dans la maison. Deux chambres et une sorte de bibliothèque – à en croire les étagères en bois brun, où toute une brocante hétéroclite avait remplacé les livres. On y avait installé un petit lit pour Mimona. La pièce ressemblait à une loge de concierge, avec la télé allumée en permanence, des rideaux en voilage aux fenêtres, et un foutoir de vêtements, de bibelots, de papiers, en équilibre précaire sur les quelques meubles qui s'y trouvaient. Sur un pan de mur, où des dizaines de cartes postales étaient punaisées, se dessinaient les turquoise défraîchis des tropiques.

La chambre de Mimona était attenante à celle d'Edgar, qui jouxtait celle de Michel et Éva. Les pièces étaient grandes, mais les murs si fins, que, cette nuit-là, tous les bruits du sommeil – les respirations fortes, les bagarres d'oreillers, les ronflements, les battements de cœur accélérés par un cauchemar – perforeraient les cloisons et se mélangeraient. Éva était assise sur son lit. Michel cherchait sa trousse de toilette dans leur valise. Un instant, une coïncidence de silences révéla le souffle d'Edgar juste derrière le mur. Comme ils l'entendirent une fois, Éva et Michel arrêtèrent de bouger pour l'entendre une deuxième, puis une troisième fois. C'était bien lui. De temps à autre, il expulsait un grain de sable dans sa respiration en toussotant légèrement. Là, il semblait avoir pris un livre, on entendait les pages se tourner irrégulièrement, parfois très vite, parfois très lentement. Éva aurait voulu trouver une occupation, au moins par orgueil, pour montrer son désintérêt envers leur hôte, mais le fait même de se mouvoir dans cette chambre, et d'être peut-être écoutée, espionnée, comme elle le faisait à l'instant avec Edgar Homme, la paralysait. Un bruit serpentin de fermeture Éclair rompit le silence, Michel refermait la valise. Éva prit son sac à main, en espérant trouver quelque chose dedans qui pourrait lui occuper les doigts. Tiens, voilà, ses cigarettes. Michel venait de trouver sa brosse à dents, et il l'agita sous ses yeux pour lui signifier ce que les gens normaux, sains, adultes, devaient faire immédiatement. Se laver les dents et aller au lit. Il était deux heures du matin.

— Tu le trouves comment ?

À pas de loup, Michel s'était approché du rebord du lit où était assise Éva. Il avait envie de savoir ce qu'elle pensait de lui, oh il se contenterait de peu, d'un adjectif, et après la nuit reprendrait son cours, il se laverait les dents, on ne se parlerait plus sinon pour ânonner « ahmemin », écrasé de sommeil. Sympa ? Charmant ? Étonnant, non ?

— Chhhh !

Éva fit un geste vers la cloison, ses yeux apeurés faisaient l'aller-retour entre la cigarette qu'elle tenait entre ses doigts et le mur derrière elle, ce mur qui lui semblait tout ouïe, tout prêt à recueillir sa réponse. Alors, elle le trouvait comment ? Elle désigna une fois encore la cloison pour justifier son silence, puis de sa main droite, elle esquissa un signe qui s'accompagnait d'une moue dubitative : couci-couça. On verrait bien. Elle secoua son briquet avant d'en faire rouler la pierre. Une flamme dangereusement longue et effilée en émergea.

Chaque nouvelle bouffée de cigarette l'apaisait un peu plus que la précédente. Éva déambulait dans la chambre, soulevait les objets – des bouilloires anciennes en métal et dans lesquelles il y avait encore de l'eau. Des napperons poussiéreux, un cadre de photo vide. Elle découvrit dans un coin de la pièce un cabinet de toilette qui cachait sa saleté derrière un paravent. Elle était très étonnée qu'Edgar Homme soit si négligé, et sa maison si peu accueillante. Quand on reçoit des gens pour le week-end, on fait un brin de ménage dans leur chambre, c'est le minimum. Et quand on a des moyens comme lui… Il était pas un peu radin ? Éva passa un doigt sur l'émail poussiéreux. La cendre grise qui s'y était amoncelée avait imprimé une pastille compacte sur la pulpe de son index.

— C'est quand même sale, conclut-elle. Enfin, tu peux te laver les dents ici, si ça ne te dégoûte pas, murmura-t-elle à Michel qui tenait son tube de dentifrice comme le projet des cinq prochaines minutes.

Elle appuya ses deux mains sur le rebord, et, levant les yeux vers le mur, elle scrutait une absence, quelque chose qui aurait dû se trouver là, et ce rien, ce vide, la piqua soudain comme une révélation.

— Tu as remarqué ? demanda-t-elle précipitamment. Il n'y a pas de miroir dans cette maison.

Puis, craignant qu'on les entende, elle chuchota, la tête rentrée dans les épaules :

— Tu trouves pas ça bizarre ?

Michel s'approcha du lavabo, il mit sa brosse dans sa bouche et commença à faire mousser vigoureusement le dentifrice. Éva parlait de plus en plus bas, avec une loquacité inhabituelle, et Michel cessa d'agiter sa brosse pour entendre ce qu'elle disait.

— Pas dans les toilettes en bas. Pas dans le salon, ni dans l'entrée…

Michel cracha un mollard blanc bleuté et mousseux dans la vasque.

— T'as regardé dans la salle de bains ?

— Non.

— Commence par le début, ma puce. Va regarder dans la salle de bains, et on en reparle après.

« Après », c'était le mot pour « jamais ». C'était un train qu'ils rataient forcément, parce qu'il n'était pas prévu. On en parlera *après*, on fera un beau voyage *après*, on sera heureux *après*. Tu m'as dit *après*…, lui rappelait Éva, de plus en plus rarement à vrai dire, parce qu'elle avait fini par comprendre qu'*après* n'était qu'un trompe-l'œil, un ciel ensoleillé brossé sur un mur aveugle. *Après* quoi ? lui répondait Michel. *Après* n'existait pas. Il n'y avait que maintenant, un maintenant bouché, sourd. À prendre ou à laisser. Éva se dirigeait vers la fenêtre, elle essaya difficilement d'en ouvrir les battants. La cigarette pendue au bout de ses lèvres se vidait de ses cendres. Quand elle parvint enfin à faire jouer la poignée, elle poussa un peu violemment les deux battants vers l'obscurité. Ils percutèrent la façade avant de revenir, poussés par leur élan, entre les mains d'Éva, qui les maintenait comme deux faucons prêts à s'envoler. Elle respira l'air frais, humide, de la nuit, avant de jeter sa cigarette dont l'extrémité rougeoyante exécuta quelques figures, une vrille, un saut de l'ange, avant d'étouffer son feu dans l'herbe mouillée du jardin.

— Je vais te dire s'il y en a un dans la salle de bains. Pas après, tout de suite.

Éva s'était retournée brusquement. Michel était déjà au lit, un livre entre les mains. Allons voir cette salle de bains, se disait-elle, déterminée, faussement téméraire, parce qu'elle avait un peu la trouille. De tomber sur Homme dans le couloir, de faire trop de bruit, de ne pas faire ce qu'il fallait faire. Elle marchait donc vers la porte quand elle s'arrêta, interdite, devant le chambranle :

— Il t'avait pas dit qu'il y aurait sa femme ?

Michel posa son livre sur la petite montagne que faisait son ventre sous le drap. Il tapota la couverture pour mettre la main sur son marque-page. Éva attendait sa réponse, les doigts refermés sur la poignée.

— Je sais pas... elle a peut-être eu un empêchement ? Je lui poserai la question demain. Allez, dodo.

Le livre atterrit maladroitement sur le plateau de la table de chevet. Michel s'enfonça si vite dans son lit, dans le sommeil, que c'était à se demander s'il était vraiment éveillé cinq minutes plus tôt. Il avait abandonné Éva, elle ne faisait plus partie de ses projets.

Elle se tenait pieds nus sur le sol froid, un carrelage blanc-gris, couvert de fissures noires. Ses pieds gagnèrent vite le tapis de bain, une île spongieuse au milieu d'une mer glacée. Éva inspectait la pièce du regard. Des toilettes. Un rideau de douche en plastique transparent et taché de moisi. Un lavabo bleu marine. D'un bleu presque noir. Ou d'un noir presque bleu ? Cela lui rappelait la baignoire du film... Alors, bleu ou noir ? Tu ne vas quand même pas avoir peur d'un lavabo ! se sermonna-t-elle en tournant la molette du robinet. Ses deux mains étaient pelotonnées sur la bonde fermée, elles attendaient l'eau chaude, qui se mit à couler sur ses veines bleues. Un souffle réconfortant et chaud la parcourut, des ongles de ses doigts à la pointe de ses pieds froids. Elle regardait ses mains. Elles semblaient grises, cadavériques, alors que des milliers de taches de rousseur, et d'autres plus foncées, des taches de « vieillesse », rehaussaient sa peau d'une couleur dorée, comme un hâle. Des yeux, Éva poursuivit sa ronde. Elle avait vu juste, il n'y avait pas de miroir dans cette maison.

Ses mains toutes chaudes s'ébrouèrent au-dessus du lavabo, puis elle sortit de sa trousse un miroir de poche. Il était si petit, qu'il ne pouvait contenir son visage en entier, alors elle le passa à la manière d'une sonde à métaux sur toutes les parties de sa physionomie. Elle commença par refléter ses yeux gris, ses paupières alourdies par un fard vert épais et brillant comme une plume de paon. Elle descendit le petit miroir sur ses joues trop roses, ses lèvres trop rouges, travesties pour Edgar Homme. Elle désapprouva d'abord ces couleurs criardes, cette espèce de drapeau rouge, rose, vert, que son mari lui avait colorié sur le visage. Puis, observant plus minutieusement, elle se rendit compte que ses joues étaient moins creuses, ses yeux moins tristes. Ce n'était pas si mal, après tout. Un peu voyant, peut-être vulgaire, mais sexy.

Il lui avait fait des paupières charbonneuses, comme sur une peinture de Van Dongen. Ça ne lui ressemblait guère, mais correspondait à l'allure de sa robe. Éva éloigna le miroir afin d'y entrer tout entière, mais à bout portant, le petit rectangle métallique ne lui renvoyait que le triangle de ses deux yeux avec son nez. Elle essaya d'imaginer, d'une manière flatteuse, ce que le reflet ne montrait pas, et en conclut que Michel avait bien fait les choses. Demain, elle tenterait de nouveau ce maquillage Van Dongen, juste pour vérifier si elle était capable d'être désirable deux jours de suite... Mais non, ça ne ferait pas pompeux ou endimanché. Chez un homme qui avait joué dans *Il court toujours*, ça passerait très bien. Alors qu'elle se demandait comment elle s'habillerait le lendemain, un coton imbibé de démaquillant s'abattit sur ses paupières, une longue langue verte lui lécha la joue.

5

Éva ne dormait bien que dans son lit, sur le côté gauche. En vieillissant, elle avait contracté une multitude d'habitudes idiotes qui gâchaient inéluctablement ses nuits en dehors de la maison. Chez elle, elle avait un oreiller spécial, censé décrisper les muscles de sa nuque, une table de chevet aux bords arrondis, sur laquelle un verre d'eau et une aspirine guettaient sa soif et ses cauchemars. Elle était attachée au trop-plein de lumière qui débordait des persiennes chaque matin, au dessus-de-lit râpé qui dégringolait à l'extrémité du sommier. Ici, la nuit avait été pénible, une nuit sans dormir, elle n'était d'ailleurs pas tout à fait finie, et Éva savait qu'elle serait crevée toute la journée. Elle avait les épaules courbaturées, et alors qu'elle cherchait la raison de cette douleur – elle n'avait pas fait d'effort physique particulier la veille – elle se souvint du rêve qu'elle venait de faire. Si elle avait rêvé, c'était donc qu'elle avait dormi... et cette faille inconsciente dans son insomnie lui fit un drôle d'effet. Comme c'est étrange, tu crois être éveillée, être la gardienne de la nuit, en écouter tous les bruits, en subir chaque minute, tu crois qu'il fait grand jour dans ta tête, un jour lumineux et sans ombre, tu crois que tu pourrais compter jusqu'à trois mille... mais clac ! Le sommeil t'a piégée, tu t'es endormie comme les autres, peut-être même qu'un grand filet de bave s'est transformé en flaque sur ton oreiller.

La tête de Michel avait disparu sous le drap, mais ses pieds, attirés par la fraîcheur de la chambre, dépassaient du lit. Sans faire de bruit, elle se leva en se massant les omoplates, et vint à la rencontre de la nuit finissante derrière les rideaux. Ça faisait longtemps qu'elle ne s'était pas souvenue aussi nettement d'un rêve. D'habitude, ils laissaient une impression diffuse, pâteuse, les premières notes d'une odeur, d'une sensation, qu'elle essayait de reconstituer mais qui se dérobait toujours. Cette nuit, au contraire, elle savait exactement où sa conscience l'avait menée.

Elle était dans une chambre d'hôtel, en peignoir, et se préparait pour aller à une soirée, une sorte de cocktail très chic. On lui avait conseillé de mettre sa robe neuve, en soie rose. Éblouissante sur son cintre, encore plus belle qu'en vrai, elle semblait plus longue, et était brodée de sequins. Assises sur le lit, trois personnes, des femmes, répétaient à Éva qu'elle lui irait à ravir, et que si on la coiffait ainsi, la maquillait comme ça, lui prêtait telle paire de chaussures, elle ressemblerait à une star de cinéma. Éva ne les connaissaient pas, et pourtant, elles lui donnaient du « ma chérie », jouaient avec elle comme avec une poupée, la faisait tourner entre leurs doigts attentionnés. Éva était excitée, on ne l'avait jamais traitée de cette manière, en princesse qu'on prépare pour un bal. Trois habilleuses, rien que pour elle ! Elle se déshabilla, les trois femmes lui tendaient la robe. Elle se rallongeait à chaque nouveau regard que lui jetait Éva, elle devenait de plus en plus sophistiquée, brillante, raffinée. En petite culotte et soutien-gorge, elle sautillait comme une gamine dans la chambre, tandis que les habilleuses lui passaient sa tenue par-dessus la tête. Elles s'affairèrent ensuite sur les boutons, Éva entendit qu'il y en avait un par vertèbre. « Ça fait combien, trente-trois ? demanda l'une des femmes. – Non, trente-quatre. Elle en a une de trop, répondit une autre. – Ah oui, c'est vrai », s'exclamèrent les deux autres. Éva, qui se tenait devant le miroir, et qui souriait, ravie, à son reflet, tressaillit légèrement en apprenant cette anomalie anatomique. Elle était étonnée, mais sans plus. Et dire qu'elle était mariée à un médecin, et qu'il ne l'avait jamais remarqué ! Puis elle se replongea dans ses préparatifs, elle caressait du regard les sequins brodés, la ligne de son corps sous la soie. Elle se trouvait belle. C'était ça qui importait. Pas le nombre de ses vertèbres. Trente-trois ou trente-quatre, qu'est-ce que ça changeait ? Elle était tout à fait normale.

On apporta des escarpins, un châle, un petit sac à mains inutile mais ravissant, ils attendaient leur sort sur le lit. Les trois habilleuses observaient amoureusement le résultat. « Tu vas tous les épater, chérie », lui lançaient-elles en lui envoyant des baisers. C'était tellement joyeux, elles se mirent à chanter *bella, bella, bella Éva*, mais à ce moment-là, la robe devint soudain si lourde, qu'elle se dit qu'elle ne pourrait jamais la supporter toute la soirée. « Je vous assure, disait-elle en soulevant ses bretelles pour se soulager du poids, elle pèse cinquante kilos, au moins. Je peux tenir cinq minutes, mais pas plus. » Elle voulut s'asseoir, les habilleuses l'en empêchèrent. Sur leurs visages, la gaieté s'était changée en une sévérité implacable. « T'as vu tout ce qu'on a fait pour toi ? Toutes ces heures passées à te préparer, et tu veux te défiler ? Non mais tu crois quoi ? Tu vas y aller à cette soirée, ma chérie. Tant pis si c'est douloureux, si la robe est inconfortable... Non mais regarde-toi ! Belle comme tu es ? » elles disaient cela comme une insulte, peut-être fallait-il comprendre « moche comme tu es » ? « Crois-nous, ça n'arrivera pas deux fois. » Et elles la faisaient pivoter devant la glace. La soie qui paraissait si aérienne dans le miroir lui rentrait dans la peau comme une cuirasse. La guirlande de boutons lui faisait l'effet d'une ceinture de plomb le long de sa colonne vertébrale, ses chaussures écrasaient ses pieds, les boucles d'oreilles entraînaient sa tête vers le sol. Les habilleuses la forçaient à rester debout, altière, et Éva était de plus en plus essoufflée, elle s'affaissait malgré ses efforts, comme un cheval de labour épuisé. Les trois femmes lui posèrent le châle sur les épaules, elle crut entendre un os, peut-être sa clavicule, se briser sans en ressentir pourtant la douleur, puis elles lui tendirent la Minaudière microscopique, qui était plus lourde encore que la robe et tous ses accessoires réunis.

Le matin de bonne heure, rien de moins qu'une petite nuit. Quand on est éveillé, elles sont interminables, ces heures qui séparent le lever du soleil des premiers effluves de café. Éva avait entrouvert les rideaux, dont les pans étaient séparés par une colonne blanche lumineuse. Par la fenêtre, elle avait vu le chien, endormi, enchaîné à son piquet. Il n'était pas très effrayant comme ça. Son pelage noir s'éclaircissait de trouées roses, car il était tout pelé. Il était imposant, bien sûr, et elle ne s'en serait pas approchée à moins de deux ou trois mètres, mais il n'avait pas l'air méchant. Il lui fit même de la peine, enfermé dans le jardin, condamné à dormir dehors, qu'il pleuve ou non, une chaîne autour du cou. Elle se sentit presque idiote en repensant à sa frayeur de la veille. La nuit est tellement fourbe, elle rendrait effroyable une pâquerette. Mais qu'allait-elle faire maintenant qu'elle était réveillée ?

Elle se recoucha. Les pieds de Michel prenaient toujours le frais, en dehors du lit. Comme elle regrettait le sien... De l'autre côté de la cloison, dans la chambre d'Edgar, un bruit métallique de ressorts la fit sursauter, et son mouvement brusque se communiqua à Michel, qui sans cesser de rêver, se rencogna dans le lit. C'était si calme, elle ne s'attendait pas à un tel boucan, elle ne s'attendait pas à ce qu'il jaillisse quelque chose de vivant dans cette maison où tout paraissait mort. Elle avait senti la présence physique de ce bruit qui s'évanouissait peu à peu : de l'autre côté du mur, dans le matelas, les ressorts retrouvaient la raison et regagnaient leur place. L'onde de choc était parvenue jusqu'à elle, elle en avait perçu le souffle, l'haleine exhalée contre la paroi à laquelle elle était adossée. Elle décolla ses épaules du mur, mais le souffle était toujours là, derrière elle. Alors elle s'échappa du lit, jeta un œil à la colonne de lumière qui commençait à rosir entre les rideaux. Il devait être sept ou huit heures, environ. Elle arracha sa montre-bracelet à la table de nuit pour la noyer dans le halo rose du matin. Six heures et demie. Les matins lui semblaient de plus en plus lève-tard.

Sur une chaise, la robe rose qui l'avait visitée dans son sommeil, était soigneusement pliée. Elle paraissait modeste, presque commune, comparée à son double surnaturel. Éva se leva, la prit contre elle, et la renifla. C'était drôle ; en quelques heures, elle s'était imprégnée des odeurs de son corps, de celles de la maison aussi. Le parfum synthétique de neuf avait complètement disparu, cédant la place à la sueur d'Éva, à l'atmosphère humide de la chambre, au vin et au feu de bois de la veille. Elle la serra contre son ventre, la robe était douce, légère, caressante, elle provoqua en elle un bâillement qui venait du plus loin de cette nuit harassante. Elle voulait fermer les yeux, se reposer. Juste pour une ou deux heures. Elle se glissa de nouveau dans le lit. À côté d'elle, Michel lui faisait l'effet d'une bûche. Elle entreposa la robe entre leurs deux corps, ferma les paupières, le sommeil ne tarderait pas. Ça serait bon de dormir enfin.

6

Éva se demandait souvent ce qu'elle avait fait de sa vie jusqu'à ses quarante ans. Selon elle, ils lui étaient tombés dessus avant qu'elle atteigne réellement cet âge. Ils avaient sauté une, deux années, ils étaient peut-être mauvais en calcul. Toujours est-il qu'ils débarquèrent un matin de novembre, et qu'elle tenta de se défendre contre cet assaut brutal. Attendez, pas si vite, il doit y avoir un malentendu quelque part. On peut discuter, non ? Discuter ? Non mais qu'est-ce qu'il faut pas entendre ! Tu devais y penser avant, Éva. Qu'avait-elle fait tout au long de ces quarante années ? Que n'avait-elle *pas* fait ? Aujourd'hui, il était difficile de l'imaginer à vingt ans. Difficile d'imaginer son corps autrement que maigre et peureux, ses cheveux autrement que coupés dans un petit carré sans histoire et sans sensualité. De se la figurer sans une épaisse veste en daim sur les épaules, parce qu'elle n'osait pas montrer la robe qu'elle portait en dessous. Éva n'avait pas toujours été cette femme aux hanches creuses, aux épaules tombantes, au dos très légèrement tassé qui signifiait à ceux qui la regardaient : *Vous n'aurez rien, vous ne verrez rien. Pas le début du commencement de ma poitrine, pas plus qu'un morceau de la voûte de mon ventre.*

À vingt ans, elle était, disons, pulpeuse. C'était une ronde contrariée, qui affectait d'enchaîner les régimes, disait vouloir perdre un peu des cuisses, faire fondre le dôme où trônait son nombril, se plaignait à ses amies de ne pouvoir mettre des minijupes. En réalité, elle en portait des minijupes, de très courtes même. Elle s'habillait aussi une taille en dessous de la sienne, moins comme une incitation à maigrir, que pour mettre en valeur tout ce qui dépassait de ses vêtements trop petits : ses poignées d'amour qui débordaient sur la ceinture de ses jeans, ses seins qu'une chemise serrée faisait loucher. Souvent, les boutons sautaient, les braguettes craquaient, le tissu se déchirait à force d'être distendu, et Éva se rachetait des vêtements neufs, taille 40, qui finiraient par céder, eux aussi. Dans les boutiques, quand elle essayait un pantalon, une robe, les vendeuses la regardaient avec dégoût. Elles la dévisageaient comme si elle avait dégainé un cutter pour mutiler ses orteils, afin de chausser des escarpins trop petits pour elle. « Je vous conseille le 42 ou même un petit 44, mademoiselle, c'est *votre* taille », tentait l'une d'elles, avant de quérir fébrilement le même modèle avec plus de tissu.

Évidemment, elle paraissait plus ronde dans ces vêtements qui la comprimaient, mais n'était-ce pas ce qu'elle souhaitait ? Montrer la chair rebelle qui jaillissait de ses chemises ajustées. Exhiber sa peau blanche constellée de taches de rousseur qui se balançait sur ses hanches, rouler des fesses, ces fesses qui se trouvaient juste derrière le tissu du pantalon, si proches, quasiment en accès libre, presque nues. Éva avait beau dire qu'elle enviait les minces, et avait essayé sans succès tous les régimes, elle n'aurait jamais perdu un gramme de son fait, elle était heureuse ainsi, son cul moulé dans ses jeans étroits.

À l'époque, ses cheveux lui descendaient jusque dans le dos, c'étaient des cascades rousses, entortillées, des cheveux d'Ève au jardin d'Éden, des cheveux de Vénus sortant du bain, aussi exubérants que ses formes. Elle jouait alors dans la troupe de théâtre de la fac, où ses camarades lui serinaient que ses cheveux longs seraient un atout, il y avait tellement de rôles à cheveux longs : Ondine, Cordélia, Médée... Même si, dans les faits, elle jouait beaucoup plus à poil qu'en cheveux. Dans cette troupe, dès qu'on avait besoin d'une jeune femme qui traversait la scène en petite culotte, d'une soubrette légère pour se faire retrousser ses jupes par son patron ou qu'une didascalie préconisait le nu intégral, les regards se tournaient insidieusement vers Éva, et Jean-Loup, le metteur en scène, légèrement plus âgé que les comédiens, lâchait d'une voix pleine d'autorité et de savoir théâtral : « Ça, c'est pour toi. » Et rien que pour toi, parce qu'une chose était sûre, elle n'avait jamais vu les nichons des autres filles de la troupe sur la scène. C'était injuste, mais peut-être cette injustice valait-elle la peine ? se rassurait-elle. Après tout, il était possible que certaines scènes gagnent en intensité, en beauté, dès lors qu'Éva retirait son T-shirt ? Rester habillé signifierait qu'elle n'avait rien compris, mais alors rien de rien à Shakespeare, Sophocle, Marivaux, qu'elle passait à côté de la planète entière, qu'elle foulait aux pieds cinq mille ans de civilisation ? Qui pouvait le dire ? « Éva, on y croirait plus si tu enlevais le haut... à mon avis », suggérait Jean-Loup. Dans le doute, elle s'exécutait, car mieux valait enlever le haut et tenter de frôler l'éternité, plutôt que de la mettre définitivement à la poubelle. Si l'absolu ne tenait qu'à un T-shirt qu'on enlève, alors oui, elle l'enlèverait. Elle se répétait que sans absolu, un être humain n'est plus légitime pour tenir un chien en laisse, un lapin en cage ou un poisson en bocal : il est comme eux.

C'était plus facile à dire qu'à faire. À chaque fois qu'elle devait faire rouler son T-shirt sur sa poitrine et le jeter en boule dans les coulisses, Éva protestait intérieurement : pourquoi moi, pourquoi *toujours* moi ? Une fois, elle avait entendu Élisabeth, une fille de la troupe, une prétendue amie, chuchoter à une autre : *Elle n'a qu'à pas rouler du cul. Elle se prend pour qui, la rousse ? Rita Hayworth ?*

« Et le soutien-gorge aussi, Éva, comment veux-tu être crédible ? N'oublie pas que tu es une pute ! Allez, enlève-moi tout ça. »

La troupe répétait dans un théâtre miniature, un « piccolo », où il y avait, en taille réduite, une vraie scène, de vrais gradins, de vrais spots qui aveuglaient les comédiens pendant leurs séances de travail. Quand Jean-Loup se mettait à parler, sa voix rauque, plongée dans l'obscurité, faisait l'effet d'une présence immatérielle. « Éva ? tu m'entends ? Le soutien-gorge aussi. » Elle tendait l'oreille, à droite, à gauche, pour pouvoir localiser cette voix sans visage qui se promenait sur les gradins, qui un instant se trouvait tout là-haut, et quelques secondes après, en bas, qu'on croyait ici mais qui était là. Ou là.

Il y a des putes habillées qui font très bien leur travail, qui sont irréprochablement sexuelles, qui n'ont pas besoin de montrer leurs seins pour cela, pensait Éva, ignorant presque que ses doigts tremblants trituraient déjà les agrafes de son soutien-gorge. « Tu sais, Éva, la nudité c'est comme la voix, une matière à modeler, de la glaise au service du théâtre, rien de plus. » Jean-Loup semblait s'être rapproché d'elle. Éva le préférait loin, le plus loin possible, en haut des gradins, plutôt qu'à dix centimètres de son torse quasiment nu. « Pense à de la terre, à de la boue, poursuivait-il. C'est pas honteux la boue, ça ne rougit pas la boue, je vais même te dire : ça ne ressent rien. Pense que tu *es* de la boue… Eh ben voilà ! tu vois, c'était pas difficile. »

Éva était devenue la paire de seins officielle de la troupe de théâtre. Celle que *ça* ne dérangeait pas : de toute façon, habillée, elle était comme nue. Celle qui pouvait bien dévoiler le bas puisqu'elle avait déjà enlevé le haut, celle qui pourrait toujours se cacher derrière ses longs cheveux.

Quand elle était allongée sur le dos, son corps, qui était d'une maigreur flasque, s'aplatissait, attiré par la pesanteur, comme une eau qui s'écoule. Ses bras, ses cuisses s'étalaient sur le matelas, mais son ventre demeurait rond. Il n'était pas plus charnu que le reste, mais gonflé de vide, et de la faim d'une femme qui n'avait jamais eu d'enfant. Ce gros ventre creux, zébré de vergetures non pas dues à l'enfantement mais à un amaigrissement excessif, était fiché sur ses jambes menues et riveté aux os saillants de ses hanches. Avec les années, ces os s'étaient aiguisés, l'âge ayant sucé la chair qui les enrobait autrefois, et aujourd'hui, ils étaient aussi secs et pointus que des silex. C'est moi, ça ? J'aurais encore maigri ? s'interrogeait Éva dans un demi-sommeil, et alors qu'elle tâtait les parties de son corps qui lui semblaient plus fragiles que d'habitude, elle se rendit compte qu'elle était réveillée. Un soleil éclatant sourdait derrière les rideaux, un soleil mûr, qui avait déjà pas mal d'heures de vol. Michel s'était levé. Il avait méticuleusement replié la robe rose et l'avait posée sur la chaise, en se demandant sans doute comment elle avait pu atterrir là, dans le lit, entre eux deux. Éva attrapa sa montre sur la table de chevet. 10 h 30. Eh merde. D'un coup de pied énergique, elle envoya valser le drap par terre et se mit debout. Par la fenêtre qu'elle ouvrit, un air frais et vigoureux s'engouffra, et Éva le reçut en pleine figure comme un chiot qui lui aurait sauté au cou et léché le visage. La journée serait belle. Éva chercha ses vêtements dans la valise, tout en peignant de ses doigts la masse ébouriffée de ses cheveux. Un jean, une chemise, ses sandales. Sa trousse de toilette. Elle mit sa brosse à dents dans la bouche et actionna la poignée de la porte. *Faites qu'il ne soit pas là, derrière, faites qu'il ne me voie pas avec mon manche de brosse à dents coincé entre les mâchoires.* Elle ouvrit la porte. Le couloir était vide. Elle courut les trois mètres qui la séparaient de la salle de bains, et s'enferma à clé après avoir poussé un soupir de soulagement.

7

Ils parlaient d'elle. C'était évident. D'une voix basse, secrète. Elle avait entendu ces mots de regret : *elle n'a jamais pu...*, et puis Michel s'était tu brusquement en voyant qu'Éva était là, et les observait depuis l'encadrement de la porte de la cuisine. Ses yeux accusateurs, cernés de fatigue plutôt que par le maquillage Van Dongen qu'elle n'avait pas osé appliquer sur ses paupières, ses yeux s'étaient plantés dans ceux de Michel. À son regard qui s'envola dans les quatre coins de la pièce à la recherche d'un alibi, elle vit qu'il était gêné, qu'il s'en voulait même. Edgar, au contraire, changea d'expression en un instant, il se composa un visage débonnaire de maître de maison.

— Bien dormi ? Jus d'orange, thé – Mitch m'a dit que tu prenais du thé – tartines. Tout est là, viens, installe-toi.

Il avait les cheveux encore humides d'une douche qu'il venait de prendre. Plaqués sur le crâne, ils dévoilaient sa grosse tête, son front bombé plein d'une intelligence dont Éva se méfiait. Elle fut stupéfaite par ses yeux, comme si elle les voyait pour la première fois. Des yeux marron qui donnaient l'impression de percer l'enveloppe de chair et d'os des êtres humains pour en récolter l'âme, liquide et encore chaude. Des yeux comme des chignoles. Il portait le même genre de chemise que la veille, chic, onéreuse, mais débraillée, les quatre premiers boutons défaits sur un torse presque glabre, et les manchettes libres, qui n'étaient ni attachées ni retroussées et papillonnaient au-dessus de la table du petit déjeuner, manquant tremper dans du café ou du jus d'orange. Il exhalait une odeur de propre, mais ses ongles étaient déjà noirs. Le feu brûlait toujours dans la cheminée, et dehors, le soleil avait bu toute la pluie de la nuit.

Sur la table, une tasse de café tournoyait entre les doigts de Michel. Comme un démiurge désœuvré, il se distrayait d'une tempête lilliputienne qui se déployait dans le cylindre de porcelaine. Il détestait le silence, ça le rendait nerveux. Pour lui, c'était comme un gros récipient qu'il fallait remplir d'une camelote inutile, des bruits, des mouvements. Ce silence... Comment se faisait-il qu'il n'ait pas entendu Éva venir, descendre les escaliers ? Elle s'était montrée aussi sournoise et discrète qu'une chatte, et elle avait entendu ces mots, cette plainte : *elle n'a jamais pu*. Les vagues de Michel finirent par lui éclabousser les doigts, couvrant sa main gauche de flaques brûlantes. Michel lâcha sauvagement la tasse, étonné que cette chose insignifiante fût si nocive, et secoua ses doigts à l'horizontale pour évacuer la douleur. Dans la porcelaine, la tempête reprit de plus belle, vomissant des traînées d'un jaune pisseux sur les rebords de la tasse.

— Tu te lèves tard...

Michel porta sa main gauche à la bouche, il ne savait par quel doigt commencer, alors il en enfourna deux, le majeur et l'index, qu'il suça avec un air très sérieux, médical, pour compenser l'infantilité de son geste. Éva tendit les mains vers lui, mais Michel mit les siennes hors de portée, *pas touche*. Il but le café qui avait été épargné par la tempête. Les yeux accrochés juste au-dessus de la ligne de la tasse, comme ceux d'un crocodile à moitié immergé dans une eau stagnante, il observait Éva, suspicieux. C'est moi qui devrais te regarder comme ça, pensait-elle. Qu'est-ce qu'*elle n'a jamais pu faire*, qu'est-ce qu'elle n'a jamais pu avoir ? Des enfants ? Un vrai travail ? Pourquoi tu ne le dis pas ? Pourquoi tu le dis à *lui* et te tais devant moi ? Qu'est-ce qui est si honteux ou si terrible chez moi, que tu doives le confesser en cachette, en chuchotant ? Elle n'était pas énervée, mais humiliée par ces messes basses. La vie d'Éva ne regardait pas Edgar Homme. Michel et lui pouvaient parler de ce qu'ils voulaient ensemble. De tout, sauf d'Éva. D'ailleurs elle n'aurait pas dû venir ce week-end. C'était absurde. Deux jours avec Edgar Homme. Deux jours ! Aujourd'hui et demain, et encore une nuit comme celle qu'elle venait de passer, une nuit épuisante parce qu'elle avait été incapable de s'abandonner au sommeil dans la maison inconnue d'un homme célèbre.

— Je me suis réveillée très tôt, vers cinq heures, je crois. D'habitude, je ne me rendors jamais... Mais là, je ne sais pas, je devais être très fatiguée.

Éva tenait à deux mains son bol de thé. Il faisait trop chaud. Le soleil qui tapait sur la vitre, la flambée dans la cheminée, le thé qu'elle buvait par petites gorgées et dont la chaleur s'infusait partout dans son corps. Trop chaud. Elle sentit des perles de transpiration se former entre ses reins, sous ses aisselles. Elle reposa le bol, et hésita à retirer le gilet qu'elle portait sur sa chemise. Des auréoles de sueur s'étaient peut-être formées sous ses bras ? Elle préféra le garder. Trop chaud. Le jus d'orange la rafraîchirait peut-être. Elle s'en servit un verre. Il était tiède. Elle expira un grand coup. Ffffouou.

Edgar affectait de ranger la cuisine, mais c'était évident qu'il ne connaissait pas la place des verres, du presse-agrumes, d'un moule à tarte dans les placards. C'était le travail de Mimona. Il sifflotait, hermétique au silence de la pièce, au malaise d'Éva, au regard inquisiteur de Michel. Lui qui était une fabrique à émotions, à sentiments, il semblait vide en cet instant. Il se confondait avec la musique plate, insignifiante, qui sortait de ses lèvres en sifflet. Éva l'observait, elle ne bougeait plus, pensant que l'immobilité ferait cesser l'inondation de chaleur qui la submergeait. Une lame de mixeur à la main, Edgar cherchait un endroit où la loger, et ouvrit plusieurs portes de placard en même temps. Vaincu par le foutoir ordonné qui régnait dans la cuisine, il finit par la poser sur le plan de travail, Mimona s'en occuperait.

Il essuya ses mains sèches sur les poches de son jean, puis salua d'un coup de tête ses invités, il allait téléphoner à sa femme, Christina, pour savoir à quelle heure elle arriverait. Elle prenait le train aujourd'hui. Avant de quitter la pièce, il posa sa main gauche sur l'épaule d'Éva. Il appuya fort. C'était à la fois chaleureux et menaçant, quelque chose qui pouvait signifier *Détends-toi,* mais aussi *Je suis Edgar Homme, je peux tout, je sais tout.* Sous la pression de sa main, un morceau de chemise de la taille de sa grande paume fut aspiré par la peau toute collante d'Éva. Trop chaud.

— Ça va ? demanda Michel. Tu es pâle. Éva ?

— J'ai... j'ai des palpitations. Il fait une chaleur...

Le cou tendu au-dessus des reliefs du petit déjeuner, elle parlait d'une voix faible qui luttait, luttait, pour atteindre Michel.

— Mais enlève ça, voyons !

Il s'était levé et déboutonnait le gilet de sa femme. Il semblait affolé de la voir emmaillotée ainsi, on était le 1er août, sidéré qu'elle n'ait pas eu la présence d'esprit de le retirer alors qu'il la faisait souffrir.

— Éva, reprit-il d'une voix qui grimpait dans les aigus à mesure qu'il jaugeait le fossé d'incompréhension qui les séparait, qu'est-ce qui ne va pas ? Il fait beau, c'est l'été, pourquoi es-tu couverte comme ça ? C'est même incroyable que tu l'aies mis dans ta valise, ce pull. Éva chérie, on est le premier jour d'août...

— J'ai eu si froid hier, se justifia-t-elle.

— Évidemment que tu crèves de chaud là-dedans.

Michel ne l'écoutait pas, il lui soutenait le bras et l'emmenait vers la porte vitrée où cognait le soleil.

— Viens, on va prendre l'air.

Le jardin – s'il se limitait au carré de pelouse à peu près entretenue – n'était pas très grand. Mais il était relayé d'un côté par une grande forêt de pins aux troncs rouges, sanglants, une masse vert bouteille où le soleil ne filtrait pas. Un seul élément la pénétrait : l'eau. Au pied des pins, l'humidité engendrait d'épaisses fougères, des plantes qui semblaient préhistoriques, datant d'avant la domestication des hommes. Certaines, on se demande comment, avaient roussi, comme si le soleil les avait grillées, rôties. Ou bien était-ce l'automne, précoce, qui avait décidé un vieillissement avancé pour certaines d'entre elles ?

De l'autre côté, en face de la forêt, la campagne était plus nue. Plate. Tout juste bonne à cultiver des patates. Au-dessus de cet immense terrain, parsemé de quelques arbres, de gros nuages gris envahissaient le ciel bleu. Michel et Éva les sentaient s'approcher. La pluie... elle revenait. Éva tenait son gilet à la main, elle avait dégrafé les premiers boutons de sa chemise, et respirait fort, ouvrait grand sa cage thoracique pour avaler le maximum d'oxygène. Elle attendait avec excitation la pluie qui allait rafraîchir l'atmosphère, elle guettait le signal, la déchirure du nuage qui se perce, telle une panse trop tendue qui déverse son fardeau sur la terre. Les bouffées de chaleur étaient passées, mais elles avaient laissé un film moite sur le corps d'Éva.

Michel lui avait pris le bras, ils marchaient ensemble, mais ne disaient trop rien. Ils jetaient parfois un œil vers les nuages, pour mesurer le temps qu'il leur restait avant les trombes d'eau. Et savoir s'ils pouvaient s'éloigner un peu, prendre ce chemin de terre, par exemple, qui semblait conduire à la forêt.

Ils hésitèrent un instant avant d'emboîter le pas sur le chemin. Ils n'étaient pas en sucre, hein ? se dirent-ils d'un regard presque complice. Éva se retourna vers la maison. Mimona avait installé une petite table dans le jardin sur laquelle elle équeutait des haricots verts. De temps en temps, elle se levait de sa chaise pour pouvoir coller son nez, ses yeux ébahis, devant une fleur sauvage qui avait poussé dans un coin, sans prévenir, et déployait ses pétales magnifiques au milieu d'un buisson d'orties. Elle l'admirait sous toutes les coutures, éventuellement caressait sa corolle, puis elle décidait de revenir à ses haricots. Elle passait devant le chien sans lui jeter un regard, même si son sommeil ressemblait à la mort.

Il faisait sombre sous les arbres. Et plus frais. À mesure qu'ils s'enfonçaient dans la forêt, le chemin rétrécissait, mangé par les fougères.

— Fais attention, c'est plein de tiques, ces trucs-là, lui lança Michel.

Il marchait les bras en l'air, comme un GI en train de traverser un fleuve, mais qui aurait depuis longtemps fait tomber sa mitraillette dans l'eau. Il exécutait des mouvements maladroits. Lui qui savait raccommoder une paupière sans trembler, il semblait à peine tenir debout. Quand il était occupé à observer où il posait ses pieds, une toile d'araignée importune lui rentrait dans la bouche ou lui chatouillait le menton. Il s'essuyait alors le visage, les lèvres, postillonnait des lambeaux de toile, et au moment où il pensait en être complètement libéré, il tombait dans une flaque profonde, et avait de l'eau jusqu'aux chevilles. Éva marchait quelques mètres derrière lui. Tout en le regardant esquiver le baiser d'une ortie, elle imagina, par jeu plus que par désir, qu'il était Edgar Homme. Comment ferait-il entre les fougères, les racines, les flaques ? Elle imagina son corps onduler parmi les feuilles, accompagné, dans chacun de ses mouvements, par la nature. Elle imagina une danse, un tango. Quelque chose de beau, sensuel et entraînant.

Quand on voyait Homme, on avait toujours l'impression qu'une caméra se cachait quelque part, qu'on était en train de tourner un film. Là, ça serait une comédie musicale. Éva entendait même l'orchestre. Ti ba da dam, ti ba dou dam dou di. Elle serait sa partenaire... Michel trébucha sur une racine.

— Michel, attention ! Tu vas finir par te casser quelque chose. Ça va ? lui cria-t-elle.

Il ne répondit pas. Même la cheville foulée, il continuerait à marcher, il ne supportait pas qu'Éva vienne à son secours. C'était elle la chose fragile et craintive qu'il fallait protéger, pas lui.

La musique... Ti ba da dam, ti ba dou dam dou di. Éva mit les bras en couronne et fit mine de tourner sur elle-même. Elle se vit transportée dans les airs, au-dessus des fougères, tenue à bout de bras par un danseur, Edgar Homme. Michel fit demi-tour. Il crut voir les mains d'Éva battre la mesure. Il crut la voir danser, ou en tout cas esquisser une danse, des pas minuscules qu'elle vivait grandeur nature dans son imagination. Sa maigreur le frappa. Dieu qu'elle avait maigri ces derniers temps... Sa danse s'évanouit dès qu'elle comprit qu'elle était observée. Ses mains retombèrent le long de son corps, et elle mit un pas devant l'autre, comme une petite fille rêveuse mais disciplinée, qui se grouille quand on lui demande de se grouiller. Elle avait des perles d'eau – de la sueur ? – dans les cheveux. Ils avaient gonflé à cause de l'humidité, et formaient une mousse, un nuage roux autour de son visage.

— Tu sais pas quoi ? Il est sûr de t'avoir déjà rencontrée, lança-t-il quand il fut près d'elle.

Il s'apprêtait à arracher une feuille de fougère, mais, sous ses doigts, son contact âpre et coupant lui en fit passer l'envie.

— Qui ça ?

— Qui veux-tu que ce soit, chérie ? Il m'a dit que tu lui faisais penser à une comédienne qu'il avait rencontrée à ses débuts, quand il était metteur en scène dans une troupe amateur. Quand il a une idée en tête, celui-là... Il est sûr que vous êtes la même personne, cette fille... et toi. Il dit que cette fille c'est toi avec vingt kilos de plus et vingt ans de moins. Je lui ai dit, oh, juste pour rire, c'était pas bien méchant : « Quand j'ai connu Éva, elle était un peu grosse... »

Il souriait encore de sa réplique, à croire que lui aussi se croyait dans un film, un film où il serait l'ami d'Edgar Homme, où ils s'échangeraient des blagues qui les feraient rire aux éclats.

— Je n'ai jamais été grosse ! protesta-t-elle en balayant une mèche de cheveux qui lui barrait la vue.

— Tu n'as jamais fait de théâtre.

Michel était redevenu sérieux. Il s'était approché de son visage, avait l'air d'un myope qui fait une mise au point, les yeux à cinq centimètres d'une chose vouée à demeurer floue.

8

Jean-Loup se rendait toujours aux répétitions libre comme l'air, sans sacoche ni manteau, même l'hiver. Un jour, il était arrivé un livre à la main. Il le tenait dans sa grande paume, qui incurvait l'ouvrage comme s'il avait été une simple feuille de bristol. Les comédiens s'étaient installés sur la scène, où leurs corps, tantôt avachis, en chien de fusil, à plat ventre, tantôt raides, dessinaient un cercle capricieux et mouvant. Éva avait enlevé ses chaussures, elle s'était allongée comme pour un bain de soleil, les bras pliés sous la tête. Elle était le point le plus éloigné du cercle.

À un mètre d'elle, Benoît, un type très timide dès lors qu'il n'était plus roi, prince, valet ou cheval dans une pièce de théâtre, voulut l'imiter. Il la dévorait des yeux. Il s'allongea, mais le sol était trop dur, il lui rentrait dans le corps, lui pinçait la colonne vertébrale. Il essaya de s'étendre à plusieurs reprises, et à chaque fois qu'il touchait le sol, il se retournait avec impatience pour voir s'il n'y avait pas une planche en bois, un clou, quelque chose qui s'entreposait entre son dos et le parquet. Mais il n'y avait rien, et Benoît se dit que la planche de bois, le clou, ou ce quelque chose, se trouvaient peut-être sous sa peau, à l'intérieur de lui, tel un os trop pointu, et qu'il valait mieux s'asseoir en tailleur. En massant son dos cagneux, il lança un dernier regard d'envie à Éva. Elle semblait installée sur un matelas.

Jean-Loup jeta le livre par terre. Ce fut comme une gifle, et tous les comédiens se mirent au garde-à-vous. Ceux qui étaient allongés s'assirent, certains, dont Benoît, se levèrent, les bras croisés, sérieux. Ils n'étaient que des amateurs, des étudiants, des rêveurs, qui jouaient pour un public d'amis et de parents. Ils formaient un escadron de petits soldats naïfs, disciplinés, prêts à livrer un combat dont ils ignoraient à peu près tout. Prêts à « essorer » leurs tripes, comme leur enjoignait si souvent Jean-Loup. Mais comment essorait-on ses tripes ? Comment faisait-on jaillir l'émotion chez un spectateur ? Ils ne savaient pas. Ils apprendraient, peut-être.

La seule chose sur laquelle ils pouvaient compter était une bonne volonté, une foi, inépuisables. Une énergie pataude qu'ils conduisaient sans gouvernail, tous azimuts. Et une confiance absolue en Jean-Loup. Jean-Loup ressemblait au talent. Il était sévère. Il avait une stature, une voix, qui forçaient l'obéissance. On le respectait. Il se montrait parfois pervers, mais la perversité n'est-elle pas un ingrédient essentiel au théâtre ? Une marque de professionnalisme ? On prend des coups dans ce métier, c'est souvent injuste mais c'est ainsi, et il faut souffrir, suer sang et eau pour y arriver.

On se fiait donc à Jean-Loup, à son étrange beauté – il portait son front anormalement haut, ce qui le rendait très shakespearien –, à ses mains si grandes qu'elles semblaient gantées. On était flatté par les leçons qu'il prenait au cours Florent avec de grands acteurs. Et même si les comédiens ne comprenaient pas toujours ses mises en scène, même s'ils s'y trouvaient souvent mal à l'aise, ils s'efforçaient d'« essorer » leurs tripes.

Jean-Loup était obsédé par l'émotion brute. Il voulait exhumer chez ces jeunes gens l'énergie primitive qui avait été bandée par la civilisation. Le premier cri du nouveau-né. Il disait toujours que c'était le début de tout. Et tant qu'ils n'auraient pas donné ce cri, ce râle d'avant l'humanité, ils ne pourraient jamais se mesurer à Shakespeare, Tchekhov. Ce cri bestial était le degré suprême de la civilisation pour Jean-Loup. Sans ça, vous n'êtes rien, expliquait-il, juste des comédiens du dimanche – c'était pourtant ce qu'ils étaient, dans ce piccolo dont les gradins ne pouvaient accueillir guère plus de trente personnes. Jean-Loup s'était mis en tête de déniaiser les corps des comédiens. De leur apprendre à parler, à sourire, à danser, à chanter. Il leur faisait jouer du Eugene O'Neill sans le texte. Rien qu'avec leur corps. Un corps en quête du graal : l'émotion brute, le premier cri du nouveau-né.

Dans la troupe, il y en avait une qui sortait du lot. Éva, avec ses jeans trop petits, ses T-shirts moulants. Sa chair, ses seins, son ventre, littéralement « exprimés » de ses vêtements. Ses poignées d'amour… Ah ça, ses poignées d'amour savaient émouvoir ! Oui, Éva avait un corps doué de langage. Elle avait « quelque chose », un don, qui grandirait si on lui fixait la bonne attelle. Jean-Loup en était persuadé. Ou bien était-ce seulement l'envie de coucher avec elle ?

« On va monter ça », dit Jean-Loup en tournant autour du livre qu'il venait de jeter. Tous les yeux se fixèrent par terre. Pour accéder au titre, les comédiens plissaient leurs paupières et étiraient leur cou à s'en décrocher la tête. Certains le déchiffraient en chuchotant, d'autres demandaient : « Qu'est-ce que c'est ? » Au fur et à mesure des interrogations, le cercle se rétrécit. Éva se déplaça, elle était intriguée. C'était toujours excitant, un peu angoissant aussi, ces idées que Jean-Loup jetait en dictateur sur la scène.

« *La Mouette* », lit à voix haute une fille, qui avait collé son nez à la couverture. Ce titre provoqua une cascade de commentaires, de chuchotements. Un brouhaha enthousiaste et reconnaissant emplit la salle. Les comédiens partageaient les mêmes rêves : le conservatoire – on pouvait rêver, non ? –, Tchekhov, *La Cerisaie*, *Platonov*. Tchekhov... ils ne seraient peut-être pas à la hauteur – ils avaient cherché sans relâche l'émotion brute, et ne l'avaient pas trouvée – mais ils préféraient ne pas y penser. Pour l'heure, ils savouraient ce nom, ces deux syllabes, qui avaient roulé, roulé, sous leur langue pendant des mois, des années parfois, et qui en étaient devenues tout arrondies, lisses et brillantes. Ces deux syllabes qu'ils avaient tant de fois répétées quand on leur demandait : « Pourquoi tu veux faire du théâtre ? – Tchekhov, Tchekhov ! » aussi clair que deux mains qui applaudissent dans une grande salle vide.

Éva serait Nina. Jean-Loup l'avait décidé. Pour une fois qu'Éva décrochait un rôle de jeune première, on ne pouvait pas tellement protester, même s'il se murmurait déjà, parmi les filles de la troupe, et Élisabeth en tête, qu'elle ne *collait* pas à Nina : pas assez éthérée, pas assez romantique, trop charnelle. Pas assez « jeune fille », tout simplement. Éva, elle, ne savait que penser. Jouer un personnage de comédienne ratée, alors qu'elle-même n'était pas suffisamment comédienne pour être qualifiée de ratée... Elle se disait qu'elle pouvait tenir le rôle de n'importe qui ou du moins essayer, une vieille femme, une échappée de l'asile, une mère qui dévore ses enfants, un homme même, pourquoi pas. Mais une comédienne ratée ? Ça la rendait superstitieuse.

Elle ne savait pas pourquoi, mais elle s'imaginait être Nina *avant* Nina. Encore heureuse, insouciante, une promesse pas encore éclose, jusqu'à... quand ? La désillusion ? Une chose la rassurait cependant : elle resterait vêtue tout au long des répétitions. Nina était indéshabillable. On pouvait l'écheveler, la faire rougir, l'asseoir par terre, la poser sur un vélo, lui faire traîner une grosse valise ou tenir une chandelle. Mais la déshabiller, non. Impossible.

À la fin de la séance, Jean-Loup s'approcha d'Éva pour lui offrir son exemplaire de

La Mouette. C'était un vieux bouquin qui sentait le cigare, le caramel, cette odeur de livre sédentaire, qui passe une vie entière dans une bibliothèque, sans jamais prendre l'air. Le vol plané qu'il avait fait sur la scène avait distendu les fils de la reliure, et il s'en fallait de peu pour que le livre se délite complètement. Sur la couverture, une mouette stylisée était dessinée au trait.

« Tiens, il est pour toi. » Jean-Loup avait placé le livre entre les mains d'Éva. « Cadeau, poursuivit-il. Tu vas devoir travailler dur pour ce rôle, Éva. Mais je suis sûr... enfin... j'ai l'impression que tu ferais une très bonne Nina.

– M...Merci », répondit-elle. Elle était gênée d'un tel privilège, gênée aussi d'avoir obtenu le rôle que toutes les filles voulaient. Élisabeth aurait été pas mal en Nina... Au moins, elle en avait le physique, avec ses grands yeux bleus délavés, ses cheveux blonds relevés en chignon, ses grands cernes qui lui donnaient un air triste et slave.

Devant Jean-Loup, Éva hésita à dire qu'elle avait un peu peur de Nina. Peur de s'y reconnaître. Mais elle désirait tellement devenir comédienne ! Elle n'avait pas de rêve plus cher. Personne ne pouvait imaginer le nombre de choses auxquelles elle serait capable de renoncer pour rendre ce rêve possible... L'amour. S'il le fallait, elle se ferait amputer de l'amour, de la maternité. Elle abandonnerait sa beauté, ses yeux brillants. Elle deviendrait moche, oui, moche à crever, si au moins cela pouvait faire d'elle une actrice. Elle ne confia pas ses doutes à Jean-Loup, car, même s'il se tenait toujours en face d'elle, elle vit qu'il était déjà parti. Elle crut le voir lorgner ses seins. Puis ses yeux furent aimantés par sa montre, trahissant son impatience. Elle prit donc congé la première, après l'avoir remercié une nouvelle fois pour le livre. Jean-Loup l'avait dit. Elle serait Nina, enfin *serait*... elle jouerait son personnage, rien que son personnage, et tout irait bien. Quant à Élisabeth, elle pouvait aller se faire foutre.

Le livre ne l'avait jamais quittée. Éva savait qu'il était là avec elle, chez eux, même si elle ne le voyait pas, même si Michel ignorait son existence. En vingt-deux ans de mariage, et trois déménagements, *La Mouette* de Jean-Loup était passée inaperçue. Elle les avait suivis comme une ombre, de cartons en bibliothèques, d'appartement en appartement. Elle était discrète, et disparaissait facilement. Se faufilait entre deux congénères, plus grands, plus gros, des pléiades, des beaux livres, elle se faisait aspirer au fond d'un rayonnage. Quelques jours avant de partir chez Edgar Homme, Éva avait cherché la mouette, dont elle avait imaginé le dessin pâli par les années. Elle avait profité de l'absence de Michel, qui était encore à son cabinet, pour remuer les livres de l'appartement.

Des piles s'étaient amoncelées sur le parquet, laissant les doigts d'Éva gris de poussière. Elle ne l'avait pas trouvée. Elle ne s'était pas envolée, c'était impossible. Elle n'était jamais sortie de l'appartement. Qui sait si Michel ne l'avait pas placée sous une commode, en guise de cale ? *La Mouette* de Tchekhov, comme une caryatide sous un meuble de guingois, souffrant en silence, écrasée par le pied d'une armoire ? Éva abandonna ses recherches, et tous les livres qu'elle avait empilés par terre retrouvèrent la bibliothèque, un à un.

Le jour où Jean-Loup lui fit cadeau du livre, Éva le parcourut distraitement. Elle évalua la longueur du texte qu'elle devrait apprendre par cœur, survola l'acte I, l'acte IV, puis revint au début, à la présentation des personnages. Sur la page de garde, Éva vit inscrits deux noms, ceux des anciens propriétaires du livre. Le deuxième était celui de Jean-Loup Fillain, écrit au stylo à bille bleu. Les points des « i » étaient disproportionnés par rapport à leur corps, enflés, comme la tête de Jean-Loup. On voyait que la main qui les avait tracés avait pesé de tout son poids sur la mine du stylo.

Le premier nom était « Edgar Homme », inscrit en noir, d'une écriture penchée, anglaise, raffinée. Cette inscription avait été soulignée avec le stylo à bille de Jean-Loup. Il l'avait fait machinalement, la tête en l'air, la main légère, parce que le trait était vague, alors que celui qui avait formé les lettres de « Jean-Loup Fillain », beaucoup plus accusé, avait imprimé un sillon incolore sur les pages suivantes. En regardant ces deux inscriptions, que séparaient des années, des générations peut-être, Éva eut soudain envie de poursuivre cette chaîne des « propriétaires de *La Mouette* ». Elle s'arma d'un crayon à papier mal taillé et écrivit son prénom, seulement son prénom, « Éva », suivi d'un point. C'était une marque timide, effaçable, qui détonnait à côté des deux autres, indélébiles, fières de leur patronyme, « Homme » ou « Fillain ».

Éva n'avait pas même jugé utile d'inscrire le sien. Lâché seul, son prénom lui donnait l'espoir qu'il grandirait un jour, s'étofferait, prendrait de l'ampleur, et alors, elle imaginait qu'une fois atteint son âge adulte, *Éva* ne sortirait jamais sans la compagnie d'un nom de famille, comme la marque ultime de l'individualité de son porteur. Une façon de prouver qu'elle n'était pas n'importe quelle *Éva*, perdue dans une foule, mais celle-là précisément, avec ses cheveux roux, son art de comédienne, et ses jeans trop serrés. Mais ce n'était pas le moment, non, pas encore, Éva préférait se confondre avec des milliers d'autres Éva, plutôt que de s'enfermer dans un patronyme qui serait soit trop juste, soit trop grand pour son âme si flottante.

Éva sourit en pensant que cet exemplaire de *La Mouette* poursuivrait son chemin, et que de nouveaux noms s'inscriraient sous le sien et ceux de Jean-Loup et de cet Edgar. Edgar Homme. Elle se le figurait très vieux, si vieux qu'à l'heure où elle découvrait son nom il était sans doute déjà mort. C'était le nom de quelqu'un qui avait fait 14-18, qui était né au XIXe siècle, quelqu'un qui aurait pu rencontrer le tsar Nicolas II. Elle se prit à rêver, à imaginer son allure. Elle le voyait en frac, avec des moustaches fines, un Français d'origine exotique ou un Danois. Éva chercha dans le Robert des noms propres s'il n'existait pas un Edgar

Homme. Un inventeur génial, un musicien célèbre. Car c'était le nom d'un mort immortel, se répétait Éva, elle en était convaincue, après l'avoir lu et relu sur la page de garde de *La Mouette*. Que Jean-Loup l'ait remarqué n'avait rien d'étonnant. Il avait l'oreille fine. Il savait ce qui sonnait bien, juste, ou alors affreusement faux. Il semblait connaître la tonalité de chaque chose, même les plus abstraites : l'ennui, la joie, la mort, le désir, la faim, et le plus dur pour lui était de se contenter des interprétations approximatives de ses comédiens, qui n'avaient pas son acuité. *Perche ta voix plus haut, rends-la plus doucereuse aussi. Du miel... ah non là, tu t'éloignes, tu n'y es plus du tout. Liquide, le miel. Imagine, tu en as plein la bouche, ça dégouline sur ton menton, ça te ravit. Ça s'appelle le plaisir.* Jean-Loup les conduisait aux portes des émotions, mais le plus souvent, ils restaient à la lisière, coincés derrière une serrure dont ils n'avaient pas la clé.

« Fillain » sonnait mal pour un homme de théâtre. Pour un nom qui s'étalerait peut-être un jour sur les affiches, qu'on crierait sur des scènes en plein air, ou susurrerait dans un micro, il était trop discret, trop incolore. Un nom de théâtre doit être déclamatoire, il doit faire Boum ! Bam ! Ho Ha ! Fillain ? C'était comme une anguille qui file entre deux rochers. Dans Fillain, on entendait *Je suis là, mais pas pour longtemps... voilà, j'ai disparu. Allô ? Vous m'entendez ?*

Éva avait compris tout de suite, en voyant le premier film d'Edgar Homme, *Il court toujours*.

Elle avait compris qu'il avait changé de nom. Que Jean-Loup n'avait plus rien à tirer de Fillain, et que, pour réussir, il devait devenir quelqu'un d'autre. Avec Edgar Homme, Jean-Loup commença sa nouvelle vie d'artiste. Éva le reconnut dès sa première apparition, Jean-Loup-Edgar, son torse nu luisant sur le ring, sa grande carcasse solide, musclée, sautillant sur ses pieds agiles. Le seul de la troupe qui était devenu comédien, c'était lui, le metteur en scène.

Les autres, qu'étaient devenus les autres ? Éva ne voulait pas savoir. Les autres avaient disparu de sa vie. Tout comme Jean-Loup, qui n'existait plus. Il avait fait comme ces guerriers de Nouvelle-Guinée, qui célèbrent un festin de morts après le combat, et se repaissent de la cervelle de leurs adversaires, pour récupérer leur vigueur et leur sagesse. Jean-Loup avait aspiré l'âme d'un mort, l'avait sucée jusqu'à la moelle, tel un guerrier cannibale. Edgar Homme n'était plus ni musicien ni inventeur. Il n'était plus ce contemporain de Nicolas II, aux moustaches fines, qui avait combattu dans les tranchées. Il n'avait jamais eu l'accent danois. Edgar Homme était un acteur qui commençait tout juste à être célèbre, et qu'on avait découvert dans *Il court toujours*.

9

La pluie ne vint pas. On pouvait la sentir, la deviner, pesant de toute son eau dans un gros nuage harassé, tellement lourd qu'il restait cloué au ciel, et stagnait au-dessus de la maison. Il résistait. Parfois, il se délestait d'une goutte, mais il se reprenait immédiatement, verrouillant fermement tous ses orifices, *fausse alerte ! il ne pleuvra pas !* Michel et Éva avaient regagné le jardin, de la boue humide tachait l'ourlet de leur pantalon. Ils avaient le nez en l'air, observaient les manœuvres de ce nuage qui faisait de la pluie une affaire d'honneur. Mimona était loin d'avoir fini avec ses haricots. Mais il y en avait tellement, était-il possible qu'ils mangent tout ça ?

Éva et Michel se tenaient par la main, leurs deux index crochetés comme des petites ancres qui les retenaient de la dérive. Ils savaient bien que c'était trop tard, pourtant. Michel s'était éloigné d'Éva, de son corps, son amour même l'avait un peu laissé tomber. Ça faisait combien de temps qu'il ne s'était pas réveillé la nuit, pour respirer les cheveux de sa femme, lui caresser les seins pendant son sommeil, et la réveiller très doucement d'abord, en lui ôtant sa chemise de nuit, puis de plus en plus crûment, avec impatience, en lui mordillant les fesses, en lui agrippant sa main pour qu'elle se referme autour de son sexe ? Des mois, une année ? Aujourd'hui, Éva avait le sommeil trop léger, ç'aurait été impossible de la surprendre. Même endormie, elle veillait, ses yeux excités sous ses paupières closes, ses bras rigides au-dessus du drap. C'était comme si tous les éléments de la nuit, leurs rêves, leurs insomnies s'étaient ligués contre eux pour qu'ils cessent de s'aimer. Michel et Éva ne faisaient plus l'amour, sauf parfois, par accident, en revanche ils continuaient de penser à l'amour, à leur amour. Ils pensaient à ce qui les liait, le passé plus que l'avenir. Michel s'était souvent dit que dans un mariage, quand tout a foutu le camp, il reste toujours la connaissance absolue de l'autre, comme le seul bien précieux rescapé.

Pour lui, Éva était une maison dont il connaissait tous les recoins. Le hall d'entrée, la cuisine, le salon, la chambre. Entre ces murs, il ne se gênait pas, il mettait les pieds sur le canapé, ouvrait le frigo quand il était pris de fringale, même en dehors des heures de repas. Il connaissait le code de l'alarme, la cachette du coffre à bijoux. Dans certains endroits, le papier peint se décollait, les murs auraient eu besoin d'un coup de blanc, et quand on s'allongeait sur le lit, il n'était pas rare de sentir un ressort pointu se ficher douloureusement dans la colonne vertébrale.

La maison n'était plus en très bon état, c'était peu de le dire. Michel aurait sans doute préféré qu'elle soit mieux entretenue, plus soignée, avec sa fraîcheur d'antan, à l'époque où ils avaient acheté le nouveau canapé ou planté du basilic sur la jardinière du balcon. Oui, peut-être. Mais il s'y sentait chez lui. Parfois, il lui arrivait d'essayer une autre maison, de manger à une autre table et de boire à la bouche d'une autre femme, mais il était toujours heureux de retrouver Éva, même cette Éva aux yeux gris qui parlait peu. Éva, c'était chez lui. *C'était*. Car aujourd'hui, dans le jardin d'Edgar Homme, sous ce gros nuage décidé à ne pas laisser tomber une goutte de pluie, il ne s'y retrouvait plus du tout. C'était comme si la maison avait changé d'orientation et les meubles de place. Le couteau à beurre. Où était le couteau à beurre ? Cette tache sur le tapis du salon, c'était quoi ? Qu'est-ce que faisaient les photos de leur mariage dans les chiottes ? Les chiottes !

Il était le gardien de cette maison, il y avait passé tant de jours, tant de nuits... Et puis voilà que tout avait changé sans qu'il s'en aperçoive. Quand était-ce arrivé ? Un jour qu'il était absent ? Peut-être cinq minutes avaient-elles suffi, cinq minutes d'abandon de poste. C'est le problème avec les choses qui disparaissent. Quelques secondes avant qu'elles se dissipent, elles sont encore là, sous votre nez. Michel pensa subitement que ça avait quelque chose à voir avec Edgar. Et si c'était lui, qui avait dérangé les photos, déplacé les meubles ?

Il se souvint de la phrase amusée d'un ami : « Tu vas chez Edgar Homme ? Avec Éva ? Tu n'as pas peur qu'il te la pique ? » Ce qui l'angoissait, ce n'était pas de voir sa femme entre les bras d'un autre homme – et si cet homme était Homme, le plus beau, le plus talentueux de tous, n'était-ce pas flatteur ? – mais qu'il ne la reconnaisse plus. Qu'il ne sache plus où était passé le petit couteau à beurre à manche d'os. Qu'il ne sache plus lire dans les prunelles éteintes d'Éva. Être un étranger, dans sa propre maison. Voilà ce qui le terrifiait. Les index de Michel et Éva se décrochèrent, comme si le cordon usé qui les liait venait de rompre.

Le chien s'était réveillé. De le voir debout, vivant, faisait presque oublier qu'on l'avait cru mort la minute d'avant. Il se leva brusquement et exécuta un tour de piquet. Sa cécité le faisait marcher en zig-zag, sa tête tremblotant à intervalles réguliers. Il ressemblait à ses congénères inanimés, gadgets de plastique, qu'on installe sur les plages arrière des voitures, et qui opinent bêtement du chef, à chaque virage. Il était pitoyable ce chien, pourquoi on ne le piquait pas ?

Éva frémit pourtant en voyant son gros arrière-train malade, sa mâchoire qu'il ne parvenait plus à fermer, d'où filait sa bave, une gueule qui avait peut-être tué, qui n'était plus bonne à rien aujourd'hui, mais qu'on ne devait pas absoudre pour autant. Éva fit instinctivement un pas en arrière. Elle sentit une présence étrangère, et en pivotant légèrement la tête, elle vit qu'Edgar était derrière eux, tout près, à deux ou trois mètres. Elle n'avait pas entendu son pas sur les graviers, et pourtant, il était là. Elle lui sourit. Non mais qu'est-ce qu'il lui prit de lui sourire ? Elle le regretta à la seconde même où elle sentit ses lèvres s'étirer.

Qu'est-ce qu'il va s'imaginer maintenant ? Que tu le trouves beau ? Qu'il a une aura... un don, une lumière qui émane de lui, et qui est... irrésistible ? Que malgré toute ta réticence, malgré toute ta raison, tu voudrais sentir ses bras sur toi ? Avoue que tu as aimé, tout à l'heure, quand il a mis sa main sur ton épaule. Ses doigts puissants sur ce petit os tout sec qui troue tes chemises toujours au même endroit. Avoue ! Au fond, tu es comme Michel, impressionnable. Comme elle détesta cette partie d'elle-même qui lui avait souri ! Mais le coup était parti, c'était trop tard. Elle avait souri, il l'avait vue, et cette espèce de connard l'avait ignorée. Il n'avait pas répondu. Pas même avec les yeux ou un signe de la main. Elle comprit qu'il était occupé à autre chose, il voulait attirer l'attention de Michel. Éva donna un coup de coude à son mari :

— Regarde, c'est toi qu'il appelle.

Edgar s'approcha d'eux, en traînant la jambe, la bouche de travers, et sa main sur l'œil droit. Qu'est-ce qu'il fabrique ? se demanda Éva. Il faisait le pitre, il mimait un pirate bourré et borgne. Faisait semblant de boire au goulot d'une flasque de rhum. Ce n'était pas drôle, juste un numéro qu'il avait en catalogue, « le pirate à la jambe de bois », mais Michel éclata de rire. Éva ne l'avait jamais entendu rire ainsi. Elle n'était peut-être pas la personne la plus désopilante du monde, d'accord, mais en vingt-deux ans de mariage, elle en avait tout de même provoqué des fous rires. Jamais comme celui-là, pourtant. Un fou rire qui dévore tout, fait le silence autour de lui, un fou rire comme un mauvais génie : *je m'en fous, j'irai jusqu'au bout, je te ferai rire jusqu'à ce que tu n'aies plus de larmes, jusqu'à ce que tes côtes te fassent mal.*

— J'ai une bonne et une mauvaise nouvelle, annonça Edgar.

Le jeu était fini, et le pirate avait regagné sa place dans le catalogue. Homme avait recouvré son beau visage au front bombé, ses yeux marron qui semblaient tout savoir.

— La mauvaise : Christina a raté son train. Elle m'a dit qu'elle prendrait le prochain, cet après-midi. La bonne, Mitch, tiens-toi bien : dans tout ce foutoir, c'était inespéré, mais j'ai retrouvé des cartouches pour les fusils. On va aller chasser notre dîner.

Michel essuyait ses larmes. Il reprenait sa respiration, son souffle était saccadé, entrecoupé de sanglots de rire. Il essayait de reprendre son sérieux :

— La chasse est ouverte ?

Il avait parlé d'une voix très aiguë, et rapide, une voix qui sprintait pour éviter d'être rattrapée par le fou rire.

— Mais qu'est-ce qu'on en a à battre qu'elle soit ouverte ou non ? répondit Edgar, sa main fouettant nonchalamment l'air. Ils nous emmerdent avec leur calendrier.

Michel détestait les armes, et l'idée de chasser, même pour de faux, lui avait toujours répugné. Il n'y avait pas si longtemps de cela, il aurait décliné l'invitation, aurait argué qu'il avait des passe-temps plus « civilisés » : écouter de la musique, réparer des vieux meubles sur lesquels il promenait ses mains précises de chirurgien. Mais là il répondit simplement :

— Ça promet.

Eh alors ? semblait-il dire à Éva, qui le regardait sans comprendre, qui était à deux doigts de lui rappeler qu'il ne savait même pas différencier un cerf d'un chevreuil, *en quoi ça te gêne ? Est-ce que je me dois fidélité à moi-même ? Ai-je jamais signé un papier m'interdisant de me trahir ? Je t'ai bien trompée, toi, pourquoi je n'aurais pas le droit de me cocufier, pour une fois ?*

10

« Depuis des milliers de siècles, la terre ne porte plus d'êtres vivants et cette pauvre lune allume en vain sa lanterne. Dans les prés, les cigognes ne se réveillent plus en poussant des cris, et l'on n'entend plus le bruit des hannetons dans les bosquets de tilleuls. Tout est froid… froid… froid… froid… »

Tu m'étonnes. On est dans un putain de frigo. Qu'est-ce qu'elle nous fait, là ? « Éva, je t'arrête. Stop. Stoptoptoptooooop ! Il y a une différence entre les bras qui tombent, désarticulés du reste de ton corps parce qu'ils sont trop lourds à porter, et les bras ballants parce que tu attends ton tour à la boulangerie. Tu piges ? Alors, reprends, les bras lourds, tu portes le monde, Éva, même s'il a disparu. Tu conserves son souvenir, et c'est très, très lourd. Vas-y, je t'écoute : "Cette pauvre lune allume en vain sa lanterne." »

« … allume en vain sa lanterne. » *En fait, c'est une allumeuse, cette fille. Si si, une allumeuse, avec des seins d'allumeuse, un cul d'allumeuse. Tu me diras Nina aussi est un peu allumeuse. Oui mais Nina elle comprend ce qu'il se passe, elle comprend la finitude, Nina, c'est une visionnaire. Éva, ce qu'il lui faudrait, c'est un petit rôle de secrétaire sexy, qui porte des chemisiers hypermoulants et fait éclater des bulles de chewing-gum entre ses lèvres écarlates. Une fille vulgaire et un peu idiote, qui appellerait les gens « mon chou », aurait couché avec tous les mecs de son étage. Un rôle de standardiste. Ou standardiste pour de vrai ? Éva, tu as raté ta vocation de standardiste, je te jure, tu es faite pour ça. T'y vas pas un peu fort ? Moi ? Mais pas du tout, regarde-la, et dis-moi ce qu'elle fout sur une scène de théâtre ? Dans une pièce de Tchekhov ?* « Éva, chérie, pour la quinzième fois, pas les bras ballants. Non, t'excuse pas, reprends, fais comme si je n'étais pas là. »

« Tout est désert... désert... désert... J'ai peur... peur... peur... » *Eh ben on n'est pas sortis de l'auberge. Elle sait ce que ça veut dire, la peur ?*

« Éva, tu sais ce que c'est que la peur ? Tu sais ce que c'est que de te réveiller un matin et de t'apercevoir que tu es seule, que la terre n'est plus qu'un terrain vague fumant ? Évidemment, tu ne sais pas, je ne peux pas t'en vouloir, mais imagine : plus un cri d'oiseau dans le ciel, plus un froissement de plumes dans les roseaux, plus de vent dans les arbres. "Les oies, les araignées, les poissons silencieux, habitants des eaux, les étoiles de mer et celles qu'on ne peut voir à l'œil nu, bref, toutes les vies, toutes les vies se sont éteintes, ayant accompli leur triste cycle..." Ça fout une sacrée trouille, non ? Alors aie peur, nom de Dieu ! On se croirait dans *Les Feux de l'amour* ! Allez, la suite. Nan nan, sinon c'est pas mal… Mais si je t'assure, pas mal du tout même. »

« Les corps des êtres vivants se sont réduits en poussière et l'éternelle matière les a transformés en pierre, en eau, ou en nuages ; leurs âmes se sont fondues en une seule. L'âme universelle, c'est moi. En moi, vivent… »

« Attends une minute, Éva, j'ai une idée. L'âme universelle. U-ni-ver-selle. Qu'est-ce qui est universel ? Certainement pas ton jean, certainement pas ton pull. Qu'est-ce qui est universel, Éva ? Certainement pas toi. Mais ton corps, rien que ton corps, oui. Là, ça a une autre gueule. Là on y croit, à cette flamme de vie unique qui frémit dans le néant. Tu comprends ? Ferme les yeux et écoute : "Tel un prisonnier jeté au fond d'un puits vide et profond, je ne sais qui je suis ni ce qui m'attend." Qu'est-ce que tu vois ? Ça crève les yeux ! Cette âme universelle qui s'apprête à livrer combat contre les forces du mal, il n'y a qu'un corps libéré du vêtement pour l'exprimer ! Le vêtement est une entrave, tu comprends ? Éva interprétant Nina qui interprète l'âme universelle. Tu veux savoir le plus court chemin pour y accéder ? La nudité complète. Voi-là. C'est bien. Ton slip aussi, Éva. On reprend, depuis le début. »

« Les hommes, les lions, les aigles et les perdrix, les cerfs à cornes, les oies, les araignées, les poissons silencieux, les habitants des eaux, les étoiles de mer et celles qu'on ne peut voir à l'œil nu, bref toutes les vies, toutes les vies se sont éteintes, ayant accompli leur triste cycle. » *C'est mieux ? Évidemment, que c'est mieux. Elle a… quelque chose, cette fille.*

11

C'était une idée d'Edgar, et on ne pouvait rien contre les idées d'Edgar. Soi-disant il allait toujours à la chasse dans cette tenue... Au moins reconnut-il que ce n'était pas souvent. Il avait distribué à chacun un ciré et une paire de bottes, parce qu'ici la pluie vous suit comme une ombre, avait-il dit. Celui d'Éva était bleu ciel, Michel en portait un blanc qui avait viré gris et Edgar, un noir. Dans le bois touffu, marchant sur un tapis de feuilles mortes mélangées à la boue, ils ressemblaient à des parasites dans un champ de vision, des taches dues à une maladie oculaire. Ils étaient voyants, mais pas seulement. Éva se disait que le frottement des cirés, le couinement aigu des bottes feraient fuir tous les animaux, le gibier évidemment, mais aussi les scarabées, les grenouilles et les fourmis. Elle imaginait que leur présence ferait fuir la vie. Toutes les vies minuscules décamperaient sous leurs pieds bottés.

Edgar et Michel portaient leur fusil en bandoulière, à la manière d'écharpes viriles. Éva était chargée de faire le guet, de repérer le gibier. Si jamais elle voyait une tache fauve dans un buisson, ou entendait un bruissement de feuilles, le pas gracile d'un daim, elle devait les prévenir, hein ?, et rester vive, car on comptait sur elle. « Oui-oui », répondait-elle distraite, beaucoup plus intéressée par les débris d'une vie étrangère qu'elle étudiait dans ses poches : un stick à lèvres, un mouchoir ratatiné, que par leur stratégie prédatrice.

Michel était sur le qui-vive. Par moments, il faisait virevolter la lanière de son fusil et le prenait en main, parce qu'il croyait avoir entendu quelque chose. Il s'arrêtait et intimait aux deux autres de ne plus faire aucun bruit. Il restait quelques secondes, immobile, son arme pointée devant lui, le canon de son fusil nerveux, excité comme un bâton de sourcier flairant une eau souterraine. Et puis il constatait qu'il n'y avait rien. Déçu, mais altier, il envoyait valser la bandoulière, le fusil retrouvait sa place dans son dos, et le trio repartait, en échangeant quelques regards désorientés : *En fait c'était rien ? Bah oui, qu'est-ce que tu croyais ? Que tu allais tirer un lièvre ?*

Edgar avait boutonné son ciré de travers. Les pans de son pardessus retombaient, inégaux, maltraités par une boutonnière fermée n'importe comment. De ses manches dépassaient ses larges poignets qui commandaient ses mains impatientes de ramasser des bouts de bois, de lancer des cailloux, d'arracher des morceaux d'écorce sur les troncs d'arbre. Dans cet accoutrement, son ciré brouillon, ses manches trop courtes, il semblait encore plus grand. Il faisait sans doute exprès de se vêtir ainsi : il ne pouvait pas porter un vêtement sans lui imprimer sa marque, sans en faire un costume de scène. Il s'habillait en Edgar Homme. Débraillé, les boutons mal fermés, les lacets défaits, des chaussettes dépareillées, incapable de conduire à terme la navette d'une fermeture Éclair. Sur n'importe qui, cela aurait donné une allure négligée. N'importe qui, on lui aurait dit : « Mais regarde comme tu es ! tu ne sais donc pas boutonner une boutonnière ? » Mais il se trouvait qu'une fois face à lui, on était soudain pris de l'envie de dénouer ses lacets, d'ébouriffer son col de chemise, d'ailleurs Éva avait remarqué aujourd'hui que celle de Michel dépassait de son pantalon.

Edgar tentait de faire ricocher des cailloux plats sur le sol mouillé. Encore un de ces jeux idiots, qui devenait drôle, brillant, dès lors qu'Edgar Homme y jouait. Il avait quand même l'air de s'ennuyer, pensait Michel, qui n'avait pas encore compris que cette condescendance qui le plaçait hors du monde était son état quotidien, normal. Cette façon qu'il avait de ne jouir de rien, comme s'il se réservait pour la jouissance, de goûter du bout des lèvres les plats pantagruéliques de Mimona, et d'en laisser plein son assiette alors qu'il se prétendait affamé. En l'observant à table – en fait, il parlait la plupart du temps, et s'apercevait à la fin du repas, sa fourchette plantée dans une escalope froide, qu'il n'avait rien mangé –, Éva s'était demandé s'il existait des choses pour susciter sa gloutonnerie. Edgar semblait ne rien aimer, délibérément, car aimer, les petits riens comme les grandes richesses, c'était régresser, c'était devenir comme Michel, qui était excité comme un gosse parce que la lanière d'un fusil lui ceignait le dos. Edgar sortit un paquet de cigarettes de sa poche, que les caprices de sa boutonnière avaient rehaussée sous sa poitrine, et en proposa une à Éva. Elle la porta à sa bouche silencieusement et tendit ses lèvres vers Edgar qui venait de frotter une allumette. Il lui souriait.

— Edgar ? T'es sûr qu'il y a du gibier ? T'as déjà eu quelque chose par ici ? interrogea Michel au moment où Éva aspirait sa première bouffée.

— Des girolles. Quand on n'a rien trouvé, il reste toujours les girolles. Non, sans plaisanter, une fois, j'ai chopé un faisan. Je te jure, et complètement par hasard en plus. On entrait dans une clairière, et comme ça, pour amuser la galerie – j'étais avec Depardieu...

— Depardieu ?

— Ouais, et donc j'ai tiré un coup en l'air. Et devine ce qui est tombé ? Un magnifique faisan ! Le truc, c'est qu'on se trouvait – sans le savoir, hein, on est pas des racailles – dans une propriété privée, et qu'un type a commencé à nous courser, en hurlant : « Vous n'avez pas le droit, rendez-le-nous ! Il est à nous ! » On a détalé, avec le faisan sous le bras.

Michel triturait une brindille de vingt centimètres, il la faisait tournoyer comme une baguette de majorette entre ses doigts. Depardieu ? Ils se connaissaient tous dans le milieu, forcément. Ils étaient tous amis, frères, demi-frères, amants, cousins. Mais Depardieu, quand même... Est-ce qu'il ... Il aurait voulu savoir si... Non non, il n'était pas une groupie, il n'allait pas s'abaisser à demander si... Depardieu ou un autre, après tout... La brindille se glissa entre son index et son majeur, avant de se briser. Sans quitter des yeux le petit bâtonnet de bois sec coupé en deux, il lança :

— Depardieu ?... Tu t'entends bien avec lui ?

Il essayait de parler avec naturel, comme s'il était question d'un voisin.

— Gégé ? Ouais, enfin ça dépend des jours.

— Il est comment en vrai... enfin je veux dire dans la vie ?

Bouh, comme il se trouvait méprisable de ne le connaître qu'en faux.

Edgar avait l'habitude qu'on lui demande des anecdotes sur untel : on dit qu'il est odieux ? ou machine : c'est vrai qu'elle s'est fait violée ? Et il adorait ça. Les ragots, les rumeurs qui couraient sur son milieu, il les racontait toujours – déformés, améliorés – avec gourmandise.

— C'est un ogre, Gérard. Tu peux pas imaginer ce qu'il engloutit comme nourriture, boisson, comme oxygène aussi. Il prend tellement de place... Quand tu es à ses côtés, il arrive un moment où tu te demandes si tu n'es pas sous vide. Il y a quelques mois, il est passé ici avec des amis. On a voulu refaire le coup du faisan, pan pan !, mais ça n'a pas marché, on a eu un écureuil à la place, merci du cadeau, une boule de poils roux tombée d'un chêne. Enfin bref, on rentre à la maison, on se met à table, je ne sais plus ce qu'avait cuisiné Mimona... Vers 22 heures, on était tous bourrés comme des coings, tu sais ce que c'est : les fous rires qui fusent pour un rien, les verres qui se brisent, les assiettes qui volent. Un vrai foutoir. Et Depardieu, ce con-là, il monte sur la table, il portait tes bottes, là...

— Celles-là ? demanda Michel en soulevant son pied gauche qui frétillait dans le caoutchouc : *pincez-moi, je crois que je rêve*. Il chausse du 44 ?

— Celles-là ou d'autres, je ne sais plus, ça n'a pas d'importance. Donc, il est sur la table, ses bottes sont encore trempées de la forêt, et elles se mettent à dégoutter entre les assiettes, les plats. Il marche dessus, en pesant bien ses pas, il renverse la carafe d'eau. Il prend la bouteille de vin et il s'envoie de grandes giclées de bordeaux sur sa langue qui est déjà toute violette. Il s'en met partout, il pleut du vin sur la table, qui n'est plus qu'un dépotoir. Je suis à deux doigts de m'énerver, car il est vraiment en train de ruiner ma cuisine. Après, tu comprends, c'est Mimona qui se tape le ménage. Sauf qu'un de nous se met à rire. Ce rire, on dirait une sirène de pompier, c'est impossible de lui tenir tête, il entraîne tout sur son passage. Imagine un peu le concert : il y a des rires comme des centrifugeuses, des rires comme des porcs qu'on égorge, moi on dit que je ris comme une hyène, je ne sais pas si c'est vrai. Il n'y a que Mimona qui garde son sang-froid et d'ailleurs elle s'en va en se bouchant les oreilles. Là, Gérard s'immobilise sur la table, il fait semblant d'avoir recouvré son calme, et il nous hurle avec sa voix qui commande tout : « Taisez-vous ! Sinon je pète. »

— Vous vous êtes tus ?

— Non.

— Et il a pété ?

— C'était mooonstrueux. Même les mouches étaient assommées. Un ogre, je te dis.

Ah ah ! Depardieu qui pète à table ! Ah, ça, ils savaient se marrer, ces gars. Éva ? Est-ce qu'elle avait entendu, Éva ? Impayable, hein ? Mais Éva voulait qu'on la laisse tranquille, elle se foutait des flatulences de Depardieu. Elle laissait traîner ses mains, tel un filet de pêche, qui cueillaient machinalement tout ce qui passait à hauteur de ses doigts. Michel remballa donc sa joie enfantine, le pet de Depardieu, et vérifia que son fusil était toujours bien en place dans son dos. Ses yeux achoppèrent sur ses bottes, banales, achetées au Carrefour du coin mais qu'avait peut-être chaussées Depardieu… Il se dit alors que jamais il ne rirait de ses pets avec Edgar Homme, jamais il ne monterait sur la table, en plein dîner, pour boire du vin à la bouteille, ou ne marcherait sur les assiettes en déclenchant des fous rires. Michel sentit une sorte de brume qui s'épanchait, filandreuse, dans sa tête. Ce n'était pas de la tristesse, pas encore, peut-être cette mélancolie dont parlait souvent Éva comme d'une vieille connaissance ? Oui, l'idée que Depardieu était évidemment plus drôle, plus fou que lui, le fait que tous les invités d'Edgar Homme ne se valaient pas, qu'il y en avait de toutes les couleurs, des éclatants et des ternes, des rares et des communs, des brillants et des inutiles, le rendaient mélancolique. Et jaloux. Jaloux d'un pet, quelle bêtise.

C'est vrai au fond, qu'est-ce qu'un type comme Homme pouvait trouver à Michel ? Un chirurgien qui roule en Mégane ? Marié à la même femme depuis plus de vingt ans ? Les hommes célèbres avaient peut-être, parfois, besoin de la compagnie des gens normaux, ça les rassurait, les réconfortait, leur servait de repère, pour savoir combien coûtait un ticket de métro ou quel était le pourboire normal à laisser au restaurant. Qui sait si Michel, avec ses joues bien rasées et ses ongles propres, n'était pas une boussole fiable pour Homme ? Mais loin de le consoler, cette pensée lui fit de la peine. Il se sentait si pauvre. Y avait-il une chose, une seule chose, qu'Edgar pouvait lui envier ? Alors qu'il regardait ses bottes – il aurait juré que Depardieu avait de plus grands pieds –, il se promit qu'il en trouverait une.

Éva se tenait juste derrière Michel, elle avait ramassé une feuille rousse qui était tombée d'un charme, et caressait ses veines roses. Son mari vit là un geste de jeune fille pas encore amoureuse mais pour qui cela ne saurait tarder, une attitude qu'elle n'avait jamais eue avec lui, ou alors il ne s'en souvenait pas. Elle pouvait toujours cueillir des feuilles de charme, et suivre du doigt leurs veines pour éviter de regarder ailleurs, regarder vers Edgar Homme par exemple, il savait qu'elle était séduite. Il avait vu l'échancrure de son chemisier fleurie de rougeurs quand Homme lui avait souri. Et sa main, qu'elle avait portée à sa gorge, pour cacher ce trouble sur son décolleté ?

Il n'était pas aveugle. Il avait feint de ne rien remarquer pour la laisser tout entière à son vertige. Où était le mal ? Voir la sensualité d'Éva se réveiller sous le regard d'un homme avait été un tel soulagement pour Michel, comme si on était venu lui annoncer que sa femme n'allait pas mourir, enfin pas dans les trois mois à venir, qu'elle avait été miraculeusement guérie d'une maladie incurable.

Il s'était senti léger, rajeuni, il se demandait même si ces petites taches de désir sur la peau d'Éva n'avaient pas provoqué, comment dire, ça faisait si longtemps que cela n'était pas arrivé comme ça, un départ d'érection ? Oui et... bon sang, voilà que ça revenait... ça revenait ! Sa femme le faisait bander ! Hourra, il bandait à cause de sa femme ! Il était si reconnaissant, il la serra dans ses bras. La pression de son geste fit remonter ses épaules sous ses oreilles, formant un rempart autour de son cou. Michel essaya de libérer sa nuque pour l'embrasser, mais il se contenta d'une mèche de cheveux. Elle se laissa étreindre, sans quitter des yeux la feuille de charme, ni dissimuler une expression de patience excédée sur son visage. Le haut de la feuille était noirci par une brûlure de la cigarette qu'elle tenait dans la même main.

12

Ce fut Éva qui les vit la première. On les distinguait mal car ils se confondaient avec les couleurs de la forêt. Elle en remarqua d'abord un, pendu à une branche. De loin, on aurait dit l'excroissance d'un arbre, une liane touffue, parasitée par une guirlande de lierre mort, qui tombait sans vie au-dessus du sol. C'est quand elle en vit un deuxième, à quelques mètres du premier, qu'elle se rendit compte de quoi il s'agissait. Et elle se mit à crier.

— Quoi, quoi ? s'inquiéta Michel.

— Là, vous ne voyez pas ? Michel, devant toi, à gauche !

— Des renards ?

Comme un œil qui s'habitue à l'obscurité et la voit s'éclaircir petit à petit, discernant le sombre du moins sombre, les vrais objets des projections de l'imagination, Éva les vit apparaître l'un après l'autre, six renards qui avaient été pris au piège, et formaient une ronde macabre lévitant dans les arbres. Parfois, un léger souffle de vent les faisait se balancer au-dessus du vide. Ces corps qui semblaient si lourds, rigides comme de la pierre, ils se balançaient d'avant en arrière, poussés par la brise, en faisant grincer la corde qui les avait pendus. Depuis combien de temps étaient-ils morts ?

— Où tu vas, Éva ? demanda Michel.

Elle voulait voir à quoi ressemblait la mort sur des êtres qui ignoraient son existence, s'ils avaient souffert, si cette souffrance était visible. Elle voulait… se renseigner.

— Éva, où tu vas ? Ho ! Edgar ? On rentre, non ?

La langue, qui s'était frayé un chemin entre deux canines, dépassait des crocs serrés. Elle était noire. Et gonflée. Les yeux, grands ouverts, commençaient à blanchir, comme un blanc d'œuf à peine cuit. Ça ne sentait pas. Pas encore. Et la fourrure semblait douce, celle de la queue surtout, qui était touffue.

Ne la récupère-t-on pas pour faire des cols de manteaux, des toques ? s'enquit tout bas Éva, en se souvenant qu'elle en avait une dans son placard, un cadeau que Michel lui avait rapporté de Russie.

Éva apprivoisait le cadavre. On aurait cru qu'elle engageait avec lui une conversation complice et silencieuse. Avec sa belle fourrure rouille, il ne lui semblait pas si laid, pas si mort. La mort peut vous passer dessus sans laisser de traces. Elle arrive, elle fait sa petite affaire, et puis elle dégage. On pouvait donc mourir ainsi, sans effusion de sang, en gardant tous ses organes à l'intérieur de soi. Sans s'en rendre compte, juste parce qu'on avait baissé la garde cinq minutes, et qu'un chasseur avait été assez malin pour vous mettre la main au collet. Mais comment l'avait-on tué ?

— Éva, qu'est-ce que tu fous, là ? On y va, arrête de regarder ça, c'est dégueulasse, tu es... dégueulasse.

Ce constat lui faisait de la peine, il l'avait prononcé à voix basse, lâchement. Il s'en voulait de le penser vraiment, mais c'était un fait, elle était dégueulasse, son attirance pour un cadavre d'animal, plein de tiques, de vers, de maladies... : dégueulasse. Elle qui était si trouillarde, qui avait peur des couleuvres et de ces frêles araignées inoffensives, les faucheux, il ne comprenait pas qu'elle continuât de s'approcher de la potence, concentrée, la tête penchée, reposant sur son épaule.

— Pourquoi ils font ça ? demanda-t-elle sans quitter des yeux son sujet d'étude.

— Parce qu'il y a trop de renards, qu'ils bouffent tout et qu'il reste plus rien pour les autres. Allez, ça suffit.

Il avait peut-être été étranglé. De cette manière, ils économisaient leurs balles pour du vrai gibier : les sangliers, les chevreuils. Étranglé ? Elle porta sa main droite à son cou et tendit l'autre vers le museau allongé. Michel arriva par-derrière et lui prit le bras violemment.

— Mais qu'est-ce qu'il te prend, t'es dingue ou quoi ?

— Oh non ! Oh Michel, c'est pas vrai... c'est imp...

— Quoi ?

— J'ai perdu ma bague de fiançailles. Là, tout de suite.

Elle pointait du doigt le sol.

— Putain, Éva… Comme si c'était le moment.

Il se dégagea de la bandoulière de son fusil et retira son ciré, qu'il posa par terre. Il héla Edgar, qui donnait des coups de pied dans un arbre, à quelques mètres de là où ils étaient.

— C'est Éva, reprit-il, elle a perdu sa bague.

Tous les trois, accroupis dans les feuilles mouillées, cherchaient la bague. Ils frottaient leurs mains contre l'humus, remuaient la terre qui creusait des lézardes marron dans leurs paumes. Parfois, un ver apparaissait à la surface, gigotant dans tous les sens, contrarié de se voir retirer sa couverture de terre. Éva cessait toute activité pour observer l'invertébré dandiner son corps translucide et luisant. Michel, pour évacuer les distractions de leur terrain de fouille, le prenait par la tête ou la queue, coincée dans la pince de son pouce et de son index, et le jetait par-dessus son épaule.

— Souviens-toi, Éva, insistait-il, tu l'as perdue où exactement ? Il faut chercher sous le renard ? Oui, c'est ça ? Eh ben on y va alors.

Il fit un pas timide, réticent, vers le renard. Il s'accroupit sous le pendu, en penchant la tête entre ses genoux pour ne pas retrouver les pattes inertes dans son col de chemise. Puis il enfonça ses doigts dans la terre humide.

Au bout d'un moment, il se mit à sentir une odeur qui devenait de plus en plus forte à mesure qu'elle lui rentrait dans les narines. Une odeur de… de… mort ? Sous un cadavre, ça ne pouvait être que ça. C'était une odeur de métal frotté, âcre, très éloignée de l'idée qu'il pouvait avoir du parfum écœurant, graisseux, de la mort. Sans doute la putréfaction n'avait-elle pas encore commencé, ce n'était que le début, et demain, après-demain, l'odeur se chargerait de pourriture, de viande avariée infestée de mouches à merde.

C'était étrange, parce qu'il semblait la connaître, cette odeur. Le nez en l'air, il inspirait des grandes bouffées de ce parfum familier, pour mieux le déchiffrer. Il essaya d'en déterminer le sillage précis, et une fois que ses narines l'eurent débusqué, elles ne le lâchèrent plus. Le nez de Michel se dirigeait lentement vers son bras, il avait fait demi-tour et abandonné la piste du renard. Alors qu'il remontait au-dessus de son épaule, il se demanda affolé : « C'est moi qui sens comme ça ? » Il fourra son nez dans le creux de son aisselle. Il puait la transpiration. Il y alla de nouveau. Ses poils se dressèrent dans ses narines. Il serra ses bras contre ses côtes, il voulait étouffer l'odeur, *je ne te connais pas, casse-toi maintenant*. Était-ce possible qu'il ait engendré cette chose monstrueuse qui suintait sous ses aisselles ? Il se mit à respirer à fond par la bouche, en commandant à ses narines de ne plus inhaler. La bague, oui, mieux valait se concentrer sur la bague.

C'était une émeraude entourée de deux petits diamants taillés en poire, sur une monture d'or. Avec les années, l'anneau était devenu lâche sur le doigt d'Éva, alors on l'avait rétréci. Une fois, puis deux, car Éva avait continué de maigrir. « Encore ? s'était étonné le bijoutier. Mais elle va finir par disparaître votre dame, si elle continue. »

Depuis plusieurs mois, Éva avait remarqué que sa bague roulait à nouveau sur son annulaire, entraînée par le poids de l'émeraude. Elle se fiait à la grosse articulation de sa phalange, dont elle pensait qu'elle retiendrait la bague en cas de chute. Éva faisait un peu d'arthrose – une maladie de vieille qui recrutait parfois, sous l'effet d'un miracle malicieux, parmi les quadragénaires – qui rendait ses mains encore plus osseuses, et ses articulations noueuses. Comme elles avaient changé depuis la première fois où elle l'avait enfilée ! La bague n'avait pas bougé, elle. À part l'anneau qu'on avait rétréci, la couleur de l'émeraude n'avait pas passé. Il y avait toujours ces inclusions, comme des algues givrées à l'intérieur de la pierre. Quant aux diamants, ils brillaient en toute circonstance, toujours impeccables, toujours à réfléchir la lumière, sur une main qui avait vieilli, vieilli, vieilli. Qui avait d'abord maigri, laissant saillir les os des phalanges, puis s'était couverte de petites taches brunes en plus des taches de rousseur. Les veines qui l'irriguaient, des ruisselets qui s'écoulaient silencieusement dans chacun de ses doigts, s'étaient comme solidifiées sous la peau, on aurait dit des racines. Sur cette main qui avait sombré si vite, la bague de Michel trônait toujours, prétentieuse, arrogante, dans sa jeunesse éternelle.

Michel n'ayant rien trouvé sous le renard, il s'était éloigné. Il refaisait le chemin à l'envers, essayait de retrouver leurs pas, perdus dans les feuilles mortes.

— Elle est peut-être tombée bien plus tôt que tu ne le crois, tu ne t'en seras pas aperçue, c'est tout.

Et il poursuivait son chemin, son ciré sous le bras, et les yeux scrutant le sol. Il laissait Éva et Edgar derrière lui, non loin du premier cadavre de renard. Éva soulevait chaque feuille une à une, comme des couvercles, en pensant que la bague serait peut-être en dessous. Ils n'allaient pas chercher pendant cent sept ans, si ? Et puis merde, tant pis si elle l'avait perdue, ça faisait vingt ans qu'elle la portait, elle pouvait reprendre sa liberté.

— Pourquoi tu n'as rien dit à Michel ?

Edgar s'était appuyé sur ses paumes et fixait Éva.

— Pourquoi tu ne lui as rien dit sur nous ? reprit-il.

— Comment ça *nous* ?

— Bah, nous, quoi. Le théâtre. Pourquoi tu ne lui as pas dit qu'on s'était connus ?

— Je ne t'ai jamais connu, Edgar. Moi j'ai connu, il y a très longtemps, un type qui s'appelait Jean-L...

— Il ne sait pas que tu as fait du théâtre ?

Il l'avait coupée avant qu'elle prononce son vrai prénom, comme s'il en redoutait la sonorité.

— C'est très loin tout ça, Edgar. Ç'a d'ailleurs toujours été loin.

Il haussa les épaules avec nonchalance, et retroussa ses lèvres en une moue sceptique, une moue de poisson à grosse lippe, un mérou à qui on ne la ferait pas. Puis Edgar reprit brusquement ses recherches, en marmonnant :

— OK, comme tu veux.

Au bout de quelques secondes, il tenait la bague dans le plat de sa main, comme s'il venait juste de la sortir de sa poche. Il l'épousseta, prit un mouchoir qu'il imbiba de sa salive pour en nettoyer les griffes terreuses.

Éva était bluffée, c'était presque magique.

— Elle était où ? lui demanda-t-elle.

— Là, entre nous deux.

Edgar désignait les cinquante centimètres de terre qui séparaient leurs genoux boueux.

Par un signe, il lui demanda sa main gauche qu'elle lui tendit, un peu gênée, les tempes rougissantes. Il effectua plusieurs allers-retours sur son annulaire, la bague n'avait aucun mal à franchir le gros os saillant de sa phalange :

— Elle est dix fois trop grande, pas étonnant que tu la perdes.

Éva allait appeler Michel, lui dire qu'ils l'avaient retrouvée, qu'ils pouvaient repartir, mais Edgar l'empêcha de se lever, il la retenait par les épaules, et la forçait à rester assise par terre.

— Pourquoi as-tu tiré un trait sur toi ?

— Je vois pas de quoi tu parles.

Elle avait cessé de le regarder de face, et lui offrait son profil. Elle ne voulait plus ni le voir ni l'entendre, un peu plus et elle se mettait les mains sur les oreilles.

— Tu avais quelque chose, Éva. Tu as tellement changé... c'est fou. Tu sais pourtant comment je t'ai reconnue ?

Bien sûr, elle savait, il avait vu sa photo dans le cabinet de Michel.

— Cette espèce de regard sauvage que tu portes sur les choses. Ta sensibilité, reprit-il. Je l'ai reconnue tout de suite. Elle n'a pas pu mentir, elle. Elle n'est pas comme toi...

C'est toi le menteur.

— Parce que tu... tu sais qui je suis ? Je ne le sais pas moi-même, alors je ne vois pas comment...

Elle était fatiguée de regarder de côté, mais elle se forçait à tenir sa position. Sa vue se brouillait. Toutes ces feuilles mortes par terre, toutes ces brindilles, cette monochromie la fatiguaient, elle sentait venir la migraine, tapie derrière ses rétines.

— Pourquoi as-tu tout plaqué ?

Elle voulut se concentrer sur quelque chose qu'elle connaissait bien, sa bague, alors elle arrima ses yeux à l'émeraude, aux diamants poire, et à cet instant le réel devint plus net.

— Écoute, Edgar, déclara-t-elle dans un regain de confiance, je crois qu'il faut que tu oublies. Je ne veux pas que Michel le sache. Pour lui, je n'ai jamais fait de théâtre, je n'ai jamais rien « plaqué ».

— Mais tes rêves, Éva ! Qu'est-ce que tu en as fait ? Tu ne peux pas dire « oublie » et oublier, comme si rien ne s'était passé.

— Il y a des rêves comme ça, ils... ils vous démolissent. Alors vaut mieux pas leur laisser de chance.

Elle se leva d'un bond, aussi vite qu'elle put, et cria de toutes ses forces :

— Michel ! Michel ! On l'a retrouvée !

Ses bras s'agitaient en l'air comme des fusées de détresse.

13

La troupe de Jean-Loup était une espèce de vivier amoureux dans lequel on puisait allègrement. Ça flirtait, baisouillait, ça se trompait, se reniait, ça ne se disait plus bonjour. Et puis ça repartait. Pendant les répétitions, il y en avait toujours deux qui se léchouillaient les lobes d'oreilles, se pelotaient les fesses dans les coulisses, pensant que l'obscurité du piccolo n'absorbait pas seulement la lumière mais aussi les bruits de langue. Après les répétitions, ces deux mêmes prenaient place dans un café.

Le café était une charnière entre le piccolo et l'amour, qu'il commence ou qu'il finisse. Il fallait aller au café avant d'aller au lit, ou avant de se dire c'est fini et de chercher de nouveaux lobes à lécher, de nouvelles fesses à peloter. Tout le monde avait eu une histoire avec au moins une personne de la troupe. Même Jean-Loup. Surtout Jean-Loup. Tous avaient profité de cette aubaine qu'offrait la troupe : l'amour facile dans la nuit du piccolo, l'amour, juste pour essayer. Tous avaient tenté de prolonger les baisers de théâtre en de vrais baisers. Tous, sauf Éva. Elle ne les intéressait pas. C'était comme si l'habitude de sa nudité avait soustrait le désir que chacun aurait pu éprouver pour elle. Qu'est-ce qu'il y avait à déshabiller chez cette fille qui venait parfois aux répétitions sans soutien-gorge, pour gagner du temps ? Ce n'était pas du jeu. Qu'est-ce qu'ils pouvaient imaginer d'elle ? Ils avaient tout vu : ses seins, qui, quand elle jouait, tremblaient comme des mottes de fromage frais. Son bas-ventre, qui leur faisait croire qu'au Moyen Âge, on l'aurait brûlée sur un bûcher : ses poils pubiens, d'une rousseur sanguine, remontaient jusqu'à son nombril.

Éva nue, on essayait de se concentrer sur son texte – impossible – alors sur son visage, encadré par ses longs cheveux bouclés, mais on était inéluctablement attiré par ce triangle d'herbes folles qu'elle avait entre les jambes, par ses seins qui débordaient de leurs enveloppes mammaires pour gorger son ventre et ses poignées d'amour. Elle était d'une beauté sauvage, naïve, une beauté incapable de concevoir les dérives qu'elle pouvait susciter. C'était étonnant de voir comme la honte de se déshabiller devant tout le monde s'effaçait une fois qu'elle était nue. *Je sais que je suis nue, et alors ?* Il n'y avait rien à en dire, rien à en désirer. C'était comme ça, elle était nue, nue comme on peut être brun ou chauve.

Dans la troupe, on étudiait la nudité d'Éva sous toutes les coutures, avec une curiosité pseudo-scientifique (jusqu'au nombril, quand même !) les garçons comme les filles, surtout les filles d'ailleurs, qui étaient partagées entre le soulagement de ne pas être à sa place, et la jalousie, car quand Éva se déshabillait, le temps s'arrêtait. Tous les bruits cessaient, les amoureux des coulisses retenaient leur langue et leur respiration. Puis une voix s'élevait des gradins, une voix qui flottait dans l'air, artificielle, détachée d'un visage qu'on ne pouvait de toute façon jauger, car il se confondait avec l'ombre. Personne n'aurait pu voir l'expression qu'avait Jean-Loup quand il dirigeait Éva, debout, la boule de ses vêtements à ses pieds. Mais si quelqu'un s'était approché de lui, une lampe torche à la main, brisant l'obscurité, et piégeant dans un rai de lumière le visage de Jean-Loup à l'instant même où Éva faisait glisser sa petite culotte sur ses chevilles, il n'y aurait pas vu Shakespeare, Tchekhov, Stanislavski, non. Il y aurait vu le visage d'un chasseur qui se retient de fondre sur sa proie.

14

— Et Christina ?

C'est vrai ça, Christina ? Michel s'était soudain redressé sur sa chaise, se rappelant qu'ils auraient dû être cinq autour de la table. On oubliait vite qu'Edgar Homme avait une femme. Elle existait à peine. Une voix vague dans un téléphone. Et encore, Edgar s'éloignait toujours quand il l'appelait. Un prénom inscrit sur un Post-it jaune dans l'entrée, et qui se débattait sous une rature, un grand X rouge qui le sommait à l'inaction et au silence.

Edgar l'avait sommairement décrite : petite, blonde – fausse blonde, elle allait chez le coiffeur tous les quinze jours pour camoufler son roux naturel, avait-il précisé en caressant du regard la nuque d'Éva. Elle dessinait des petites culottes pour une grande marque de lingerie – il avait insisté sur « petites » avec un ton condescendant, comme si tout ce qui concernait Christina était « petit », et absolument pas vital, au contraire de ses activités à lui, le grand Homme. La lingerie, c'était quand même marrant, avait-il poursuivi. Par exemple, à chaque fois qu'ils recevaient des invités chez eux, les dames repartaient avec un baluchon de soie et de dentelle parme, poudre, ivoire, caché dans la main. *Vivianne, tu fais quoi… un 40 ? Tiens, tu verras, c'est magique, ça te fait des jambes interminables.* C'était assez pénible de se voir offrir une petite culotte par la femme d'Edgar Homme, mais, sans doute pour cette raison, ils en avaient fait un rituel lors de leurs dîners. À la fin de la soirée, les femmes acceptaient de mauvaise grâce le cadeau et le glissaient maladroitement dans leur sac à main, en rentrant profondément les fesses sous leur jupe ou leur pantalon, pour éviter toute association de pensée. Les plus malchanceuses tiraient le gros lot : un body en dentelle ! que Christina plaquait sans pudeur sur le buste de sa cliente pour « vérifier la taille ».

Christina ne viendrait pas. Edgar aurait dû les prévenir, c'est sûr, mais ils étaient bien tous les trois, en amoureux ? Il plaisantait, oh ! S'ils avaient vu leur tête quand il avait dit ça ! Éva, Michel, hé ! Où était passé leur humour ? Non, sans rire, il ne savait pas trop ce qui c'était passé avec Christina. Sa sœur, enfin, sa demi-sœur avait eu… euh… un problème. Quitté son mari ou un truc du genre. Elle avait débarqué chez elle, avec ses valises, en larmes. Très alcoolisée. Ils imaginaient le tableau ? On ne peut pas laisser une femme seule comme ça. Christina avait tout annulé pour elle, et en ce moment même, elle devait avoir de la morve séchée plein son T-shirt.

Éva n'écoutait pas. Avec ou sans les justifications – les mensonges ? – d'Edgar, la donne restait identique : ils étaient seuls. Que ce fût le résultat du hasard, de la chance ou de la préméditation ne changeait rien. Ils étaient seuls. Avec lui. La nuit avançait, et ils seraient seuls. Éva n'avait aucune envie d'aller se coucher. En fait, elle redoutait de se glisser dans le lit de Michel. Depuis leur retour de forêt, dès qu'Edgar était dans les parages, il se ruait sauvagement sur le corps de sa femme. Il la cognait de baisers, frottait sa joue râpeuse d'une barbe de douze heures contre sa joue, comme s'il avait voulu la déchirer, il embrassait goulûment sa carotide. Il n'y avait aucune tendresse dans ces gestes tout en dents et morsures, mais du désir, oui, un désir agressif, égoïste, qui force et qui fait mal, et dont Michel avait l'air de se vanter auprès d'Edgar.

Pour la première fois du week-end, Éva avait découvert ses épaules. Elle portait un débardeur en lin rose, dont les bretelles se croisaient dans le dos. Au fil du dîner, elle avait progressivement retiré son châle, sa chemise, et s'était retrouvée le dos quasiment nu sous un léger tissage de lin. Elle le laissait rosir au feu de cheminée. Le vin – il y avait trois bouteilles vides, alignées comme des trophées sur la table – avait dessiné des pétales de pétunia sur ses joues.

Ce soir, dans son miroir de poche, Éva avait trouvé son visage morcelé, comme les pièces d'un puzzle pas encore réunies. Avant de descendre dîner, elle avait maquillé chacune de ces parties sans savoir si elles pouvaient s'harmoniser les unes avec les autres. Sa bouche, très rouge. Ses yeux, coiffés d'une légère ombre à paupières. Ses taches de rousseur, qu'elle avait noyées sous une nuée de fond de teint. À la fin, elle avait déplacé le miroir pour y voir défiler, comme dans un manège, son œil droit, sa joue, sa bouche, puis son œil gauche, son front. Le miroir décrivait des cercles sur son visage, de plus en plus rapides. Éva pensait que la vitesse ferait apparaître sa physionomie en entier, par un effet d'optique. En réalité, elle n'avait pas vu grand-chose, peut-être l'impression de paraître plus jeune, d'avoir la peau plus lisse.

Sa peau était fine et fragile, tachée là où elle avait pris des coups de soleil, vermiculée autour de ses yeux. Quand on la voyait, on se demandait si ces rides aux commissures des paupières étaient dues à un vieillissement « naturel ». Ou bien était-ce parce qu'elle avait beaucoup pleuré ? Pour ses quarante ans, Michel lui avait proposé de lui offrir une opération au laser, pour réduire ses rides autour des yeux. Il avait pris sa tête entre ses mains et posé ses pouces sur ses pattes d'oie, en tirant un peu. « C'est rien du tout », avait-il conclu en regardant les yeux étirés, chinois, de sa femme. « Ne me confonds pas avec ces comédiennes de série B que tu vois dans ton cabinet », avait-elle répondu sèchement en envoyant promener ses mains. Parmi les milliers de cadeaux qu'on offrait à une femme pour ses quarante ans, lui avait choisi un tour de passe-passe. Il pensait ainsi faire réapparaître l'Éva de ses vingt ans.

Éva s'était accoudée, mains croisées, au-dessus de son verre vide, sali par les larmes de bordeaux qui dégoulinaient contre les parois et des empreintes de rouge à lèvres sur le rebord.

Sa position, légèrement voûtée, faisait ressortir les os anguleux de ses épaules, qui semblaient avoir été moulées sur un cintre en métal. Ce soir pourtant, sa maigreur n'avait rien de fragile ou de peureux, au contraire, elle était fière et conquérante. Solide. Éva s'était mirée dans les yeux de Michel, un peu, dans ceux d'Edgar, surtout, et elle s'y était trouvée jolie. Et avait supputé que le débardeur en lin, qu'elle avait enfilé comme un sous-vêtement, sans soutien-gorge – de toute façon, elle n'en avait plus, de gorge – lui allait bien.

— Je reviens.

Edgar était parti comme un éclair à la recherche de quelque chose qui les « amuserait ». On entendit à peine ses pieds muets gravir les marches de l'escalier, et alors qu'on le croyait encore là-haut, ouvrant des placards, remuant des pyramides d'objets, il apparut dans la cuisine. Quand il fut bien sûr que tout le monde l'observait, il dit, avec l'accent anglais et en déployant les grandes ailes de ses bras :

— Et voilà, les jeux sont faits.

Qu'est-ce que ça va être cette fois ? Michel était hilare, on aurait dit un môme en train d'ouvrir un paquet-cadeau.

— Je vous propose un jeu.

Il jeta sur la table un livre qu'Éva reconnut immédiatement, en plaquant sa main sur la bouche pour chasser un haut-le cœur.

— C'est *La Mouette*, de Tchekhov. Vous connaissez ? Bien sûr que tu connais, Éva. Alors, alors, distribution ! fit-il en claquant des mains. Mimona, tu fais qui ? Ah ! je sais, Arkadina, bien sûr.

Et, en se penchant vers Michel :

— C'est l'actrice, souffla-t-il. Michel, c'est tout trouvé, tu seras le médecin, Dorn, c'est d'ailleurs lui qui s'en sort le mieux dans l'histoire. Éva... Éva ? tu ne veux pas jouer ?

Elle fit non de la tête en secouant ses boucles rousses.

— Allez, quoi, Éva, t'es avec nous.

Michel avait retrouvé le ton du mari dominant, qui décide, protège, nourrit.

— Je sais pas, ça me dit rien, il faut jouer la pièce, c'est ça ? Mais on ne sera jamais assez... ça sert à quoi ?

— Je ne dis pas qu'on va « jouer » la pièce, seulement en lire des passages, en y mettant un peu du nôtre. Bon, vous connaissez l'histoire ?

— Non.

Michel avait les bras croisés, il attendait les instructions.

— C'est une histoire d'amour entre deux jeunes gens, Treplev et Nina, mais ils n'écoutent pas leurs sentiments, ils n'auront jamais l'occasion de s'aimer, et ça les tue, tout simplement. Tu vois, c'est ça, Tchekhov, des histoires d'amour fichues d'avance.

Edgar s'adressait à Michel plus qu'à Mimona qui avait l'air de connaître non seulement le jeu, mais aussi la pièce par cœur. Éva, elle, avait pris le livre discrètement sur la table. C'était exactement la même édition que le sien. Elle le feuilleta pour vérifier si ce n'était pas sa mouette à elle, qui aurait pris le large on ne sait comment, et qui se serait retrouvée là, dans cette maison si loin d'elle. Il n'y avait qu'un seul nom inscrit sur la page de garde. Edgar Homme. « Edgar Homme » dans l'écriture de Jean-Loup Fillain. Ce n'était pas sa mouette, seulement sa sœur jumelle.

— Éva, tu joues avec nous, lui imposa Edgar. Tu seras Nina. Qui d'autre, n'est-ce pas ? Et moi, tu m'en veux pas, Michel, mais je ferai l'amoureux, Treplev.

D'un grand geste autoritaire, Edgar somma Michel de pousser la table, qui n'avait pas encore été débarrassée du dîner, vers le tas de meubles emmaillotés. L'espace libéré serait la scène.

— Arkadina, viens ici, ma petite Arkadina.

Il prit Mimona par la taille, ses mains sur ses bourrelets lui firent exécuter plusieurs demi-tours sur elle-même. Elle se mettait en branle laborieusement, comme un mécanisme grippé qui aurait oublié le sens des aiguilles d'une montre.

— Mais enlève-moi ce tablier ! lui ordonna affectueusement Edgar. Arkadina est une femme du monde, une actrice célèbre !

Il saisit le livre qui était en train de dégringoler des mains d'Éva, puis chercha fébrilement la scène qui l'intéressait. Ah voilà ! Il humidifia ses lèvres dont les commissures emprisonnaient des particules de tanin, et désigna sa réplique à Mimona.

Dehors, la nuit commençait ses attaques, le vent avait forci et cognait contre la porte vitrée, jouait de la flûte stridente dans les interstices des fenêtres, échevelait les peupliers, les pins, dont les branches se battaient les unes contre les autres. Pendant qu'elle renfilait sa chemise, prévenant un coup de froid dans cette cuisine assiégée par le vent, Éva remarqua qu'Edgar avait changé. Le dieu séducteur s'était métamorphosé en un mortel soumis aux humeurs et aux sécrétions de son enveloppe corporelle. Elle vit son front, d'habitude si magnifiquement pâle, rouge d'être martelé par ses caprices. Ses fines mèches de cheveux, humides de transpiration, s'étaient décollées de son crâne, et voguaient, autonomes, autour de ses tempes. Il suait, ses mains étaient gonflées de son sang qui circulait mal, l'alcool avait infesté son haleine. Même sa chemise Dior faisait sale. C'était comme s'il avait abdiqué ses manières, ses gestes habiles et gracieux, ce soupçon d'accent qui lui faisait prononcer son nom « Home », à l'anglaise, plutôt qu'« Homme ».

— Éva, dit-il en plaquant les mèches volantes sur son crâne brûlant, viens ici à côté de Mimona. Tu vois, on commence à « Bravo ! Bravo ! », et puis après c'est à toi. Vous y êtes ? OK, OK. Chut ! cria-t-il une dernière fois.

Mimona prit sa respiration et commença à déclamer avec une intonation qu'elle imaginait être celle des femmes du monde et des actrices célèbres :

— « Bravo ! Bravo ! Nous vous avons tous admirée. Avec votre physique, votre belle voix, c'est affreux » – Mimona se reprit : « non, c'est monstrueux de rester à la campagne ».

Elle toussa, puis retrouva sa voix normale :

— « Vous avez certainement du talent. Vous m'entendez ? Il faut que vous fassiez du théâtre. »

Elle fit un clin d'œil à Éva, et lui mit son texte sous le nez. Edgar était suspendu à son souffle. Il connaissait la suite, et on aurait pu la lire sur ses lèvres qui remuaient. Son impatience coula une goutte de sueur qui roula lentement sous sa lèvre inférieure. Il la déroba subrepticement d'un coup de langue.

Éva lisait et relisait la ligne qu'elle devait prononcer, ses yeux écarquillés l'étudiaient, affolés comme des illettrés. Elle savait que Michel l'observait, qu'il essayait de comprendre, il avait sans doute déjà compris, il n'était pas idiot. Peut-être même qu'il avait toujours su, et qu'il l'avait emmenée chez Edgar Homme à dessein, pour la confronter à son mensonge. Peut-être était-ce lui qui avait subtilisé la mouette, il l'aurait confisquée dans un tiroir de son bureau. Mais peu importait Michel au fond, elle était libre, non ? Elle ne voulait plus entendre parler de Nina. Ni parler à sa place. Elle voulait être seule, seule ! *Si la porte de la cuisine est ouverte, je monte me coucher*, paria-t-elle en levant discrètement les yeux vers l'entrée. Elle était ouverte. *J'y vais ?*

— Éva, hou hou ? on t'écoute, lui lança Edgar.

Des rafales de vent se jetaient de toutes leurs forces sur la porte vitrée, se cognaient la tête contre les murs de pierre, dont l'invincibilité ne parvenait pas à les décourager de cogner, encore et encore.

— C'est mon rêve, mais il ne se réalisera jamais. »

Point final. Elle n'irait pas plus loin, même si Mimona mâchonnait sa prochaine réplique. Éva avait lu sans mettre le ton, d'une voix claudicante qui trébuchait douloureusement sur chaque mot. Elle avait prononcé cette phrase comme un aveu honteux, les yeux collés au texte, pour ne pas soutenir ceux de Michel qui découvraient la vérité. Lui l'observait avec indulgence, un résidu de tendresse, la queue de comète de l'amour : *Qu'est-ce que tu veux que je te dise ? C'est si grave que ça ? Mais c'était il y a plus de vingt ans, Éva ! Je suis un étranger là-dedans, ça ne m'appartient pas, qu'est-ce que je peux y faire ? Laisse tomber, laisse-le tomber.* C'était mon rêve, mais il ne se réalisa jamais, se répéta Éva, moins par cruauté envers elle-même, que parce que ces quelques mots de Tchekhov n'avaient de sens qu'au passé.

15

Benoît était beaucoup moins gringalet qu'il ne le paraissait. En fait, il était même plutôt costaud. Éva ne l'avait jamais vu que dans une semi-obscurité, et là, à la lumière du jour, elle découvrit que son visage aux traits fins, féminins, ses sourcils dessinés au pinceau, cachaient une charpente épaisse et musclée. Il portait un pull marin qui se boutonnait à l'épaule, et les boutonnières, qui bâillaient, donnaient l'impression qu'il avait grandi d'un coup, en éventrant les mailles de la laine.

C'était Benoît qui avait fait le premier pas. Il lui avait dit « Tu viens ? », seulement ça, à la fin d'une répétition de *La Mouette*. Et elle était venue. Elle avait hésité à prétexter une course, un rendez-vous, mais elle l'avait finalement suivi, comme une jeune fille qui fait trop longtemps tapisserie dans une soirée, et donne sa main au premier qui la lui prend, peu importe qui. Ils avaient choisi une table au fond d'un café. En fait, dès qu'ils étaient entrés, Éva avait commencé à s'installer derrière la vitre, aux premières loges, face aux passants, aux voitures, mais Benoît l'avait prise par la manche et guidée clandestinement tout au fond, là où la lumière ne pouvait être qu'artificielle, et la rumeur de la rue, assourdie. « Devant ou derrière, c'est comme tu veux », avait-elle lâché. Benoît s'était assis dos au mur, juste à côté de la porte des toilettes, il regardait sans cesse par-dessus l'épaule d'Éva, comme s'il surveillait quelque chose.

« Bon, tu prends quoi ? lui lança-t-il impatient, en se levant de la banquette. – Un coca. »

Il revint avec deux verres, et donna un coup de hanche en direction d'Éva, pour qu'elle lui fasse de la place et le laisse s'installer à côté d'elle. Elle aspira une gorgée à la paille, et alors qu'elle buvait, Benoît éloigna inopinément son verre de sa bouche. Des gouttes sirupeuses et marron coulèrent sur la table, et Éva pouffa en sentant le sucre dégouliner sur son menton, qu'elle tamponna maladroitement de ses doigts. Des bulles de gaz couraient, attirées par la gravité, sur le plateau en faux marbre, et Éva les suivait du regard jusqu'à la chute. Benoît ne l'embrassa pas tout de suite. Il lui empoigna d'abord un sein, puis chercha ses fesses en dévalant son dos sous sa masse de cheveux... ses fesses avaient jailli de son jean comme d'un tube, elles s'offraient, pigeonnantes, sur la banquette trouée. Il tâta ces deux petits dômes tout ronds, tout chauds, le gauche, puis le droit, puis à nouveau le gauche, avant de planter profond ses yeux dans la chair molle. Éva se laissait faire, elle entendait Élisabeth : « On l'a toutes fait, Éva. Coucher avec un type de la troupe. Et toi ? Et toi ? »

Les mains de Benoît s'étaient réparti le travail. Celle de gauche continuait de malaxer ses fesses, celle de droite tentait une incursion dans son jean, sous son nombril. Elle essayait d'escalader, de se faufiler sous un bourrelet de chair, qui formait une ceinture de chasteté, une sécurité fermant l'accès à la braguette. Il ne parvint pas à hisser un seul doigt en éclaireur. Il n'y arriverait jamais, c'était trop serré, il... il aurait fallu qu'elle s'allonge, qu'elle déboutonne elle-même sa braguette... comment pouvait-elle respirer là-dedans ? C'est là qu'il l'embrassa, avec un air de défaite, parce qu'il n'y avait rien à faire de plus. « On va chez moi ? » dit-il en lui soufflant son haleine sucrée de Coca dans le cou. Éva entendit de nouveau la voix d'Élisabeth s'enrouler dans ses cheveux, caresser ses paupières : « Et toi ? Et toi ? » Benoît lui prit la main, et elle sentit une onde chatouilleuse se propager dans tout son corps. *Moi quoi ? Moi aussi, qu'est-ce que tu crois ?*

Benoît vivait chez ses parents, dans un grand appartement dont les fenêtres frôlaient la cime des arbres d'un jardin public. Il n'avait pas été refait depuis des années, et tout y semblait vétuste. On avait tendu des tapis d'Orient sur les murs, sans doute pour en cacher la peinture écaillée, passée. Mais avec le temps, ces tapis étaient devenus aussi sales que la saleté qu'ils étaient censés dissimuler. Éva suivait Benoît dans sa chambre. Elle marchait derrière lui, dans un long couloir, traversait l'appartement comme un rêve, absente à elle-même. Elle était concentrée sur les fortes épaules de Benoît, et n'entendit pas le parquet qui grinçait, ne prêta pas attention aux vitres presque opaques de ne pas avoir été nettoyées depuis des années.

Plus tard, quand elle y repenserait, elle essaierait de se souvenir : les tapis d'Orient, les bouquets de fleurs séchées – des cache-misère, aurait dit sa mère –, des plantes mortes, quoi, sur la cheminée et les guéridons du salon. Mais rien ne viendrait jusqu'à elle, à l'exception de Benoît, sa langue dans sa bouche, sa voix sur son cou, ses doigts crispés dans ses cheveux.

Elle ressemblait à Marie-Madeleine. On lui avait déjà dit ? Non, jamais. Mais pouvait-on savoir à quoi elle ressemblait ? Pas vraiment non, mais on pouvait se fier aux peintures, à l'histoire de l'art, on pouvait *imaginer*. Des cheveux très longs, bouclés – Benoît se mit à les caresser, mécaniquement, et Éva n'osait pas lui dire qu'il tirait trop fort dessus –, peut-être pas aussi roux que les siens, quoique... des cheveux si longs qu'elle pouvait s'en vêtir. Éva leva les bras en l'air pour l'aider à enlever son T-shirt, puis déboutonna son jean, dont elle se débarrassa comme un serpent qui laisse une peau morte sur son chemin après une mue.

Benoît regardait son œuvre. Cette fille nue dans sa chambre, qui lui faisait penser à une Marie-Madeleine... de Titien ? de Rubens plutôt, avec sa chair blanche et flageolante. Il s'approcha d'elle, et peigna de ses mains ses cheveux, mèche par mèche et en s'appesantissant sur chacune d'elle, puis il les sépara en deux masses distinctes pour lui couvrir les seins. Éva ne bougeait plus, mais de temps en temps, une aréole pâle se montrait, comme un œil sous la crinière rousse. Ses cheveux lui couvraient entièrement le buste jusqu'à son nombril, où ils étaient relayés par sa toison pubienne, si épaisse, si dense, qu'elle semblait avoir été créée pour servir de vêtement à une femme trop souvent déshabillée.

Éva fit un pas vers Benoît, elle voulait qu'il soit nu lui aussi, mais il la repoussa, et lui demanda timidement de joindre les mains en prière.

« Pourquoi ? – Juste deux secondes, je voudrais voir ce que tu donnes en Marie-Madeleine, Éva. – D'accord, d'accord, mais deux secondes et pas plus, hein ? » Elle prit la position de l'orante, tête penchée, les deux mains jointes contre la bouche, puis elles s'envolèrent dans deux directions opposées sous la pression d'un éclat de rire. « Je suis la première Marie-Madeleine en rires, clama-t-elle. C'est fini le temps des pleurnicheuses, des repentantes, je rigole moi, regarde ! » Et elle riait de plus belle, faisait des tourniquets avec ses mains, comme une danseuse orientale, absolument pas gênée par sa nudité. « Si je pleure, ce sera de joie », continuait-elle, espérant qu'il rirait lui aussi. Éva savait qu'on ne résistait pas à son rire, c'était une fontaine dans laquelle on finissait toujours par plonger la tête, puis le cou, le dos, et le corps tout entier. On en sortait en s'ébrouant, un peu étourdi, les yeux humides et la voix encore pleine de sanglots joyeux.

Éva guettait donc un début de sourire sur le visage de Benoît, le début d'un accès de gaieté, mais il restait étrangement grave, face à elle. Il réfléchissait, se demandait si aujourd'hui, la même Marie-Madeleine serait sanctifiée. Sans doute pas, conclut-il. Elle resterait sur le trottoir, ou on la foutrait à l'asile. « Je les essorerai, les larmes de Madeleine, tu verras. » Éva avait décidé que sa joie aurait le dernier mot, qu'elle convertirait Benoît. « Je les sècherai une à une. » Elle s'avança vers lui, tout en parlant, et au moment où elle put sentir sa respiration sur sa bouche, elle dégagea ses cheveux en arrière, et dévoila son buste, tout en seins et bourrelets, comme celui de l'Artémis d'Éphèse, avec ses dizaines de mamelles.

« Salope ! lui cria-t-il alors. T'es qu'une salope ! Une putain ! Une sale... une sale salope ! Dégage d'ici, tu me dégoûtes ! Tu... »

Il continuait de l'insulter mais Éva n'entendait plus rien. Un sifflement aigu et strident hurlait dans son oreille gauche. Elle écrasa du plat de la main la petite caverne de cartilage sous ses cheveux, mais le signal était toujours là, dedans. Il faisait partie d'elle. Éva garda sa main sur son oreille, et de l'autre, elle ramassa ses affaires. Elle le fit le plus rapidement possible, sans trop se courber, et avec le minimum de gestes, pour ne pas soumettre son corps à l'exhibition. La nudité est une torture, quand elle n'a plus rien à voir avec l'amour.

Dépêche-toi, Éva, dépêche-toi. Ses cheveux, qui faisaient des mouvements de balancier sur ses hanches lui tenaient chaud, et elle aurait aimé les nouer en chignon sur son épaule, mais ils la protégeaient du regard de Benoît. Elle prit son jean, qui s'était entièrement retroussé à l'envers, comme un gant de vaisselle en caoutchouc. Dans quelques minutes, secondes, elle disparaîtrait. Elle retraverserait le couloir, passerait la porte d'entrée, et personne ne la verrait plus. C'est bientôt fini, bientôt, se disait-elle en cherchant une chaussure qui avait roulé sous le lit, tandis qu'elle desserrait son étreinte sur son oreille, en constatant que le sifflement s'amenuisait. Benoît avait cessé de crier, il la dévisageait, silencieux. Il avait honte. D'elle.

Elle éclata en sanglots dès qu'elle fut sur le palier. Elle enfila sa culotte, son soutien-gorge, qu'elle agrafa derrière son dos, en coinçant des cheveux dans la fibule. Alors qu'elle remettait fébrilement son jean à l'endroit, une femme dévala les escaliers, tête baissée, sans un regard pour cette pauvre fille à moitié à poil qui reniflait. *Oh putain, c'est pas vrai.* Elle avait oublié ses chaussettes là-bas. Elle mit ses pieds nus dans ses bottines, et les lacéra dans le cuir, en serrant les lacets très fort, pour être sûre de souffrir et de se couvrir les orteils d'ampoules.

Les jours de la porte cochère étaient noyés de lumière, et pourtant quand Éva arriva dans la rue, elle lui sembla bien sombre pour un après-midi de printemps. C'était peut-être une éclipse ? Mais elle croisa une dame affublée de lunettes de soleil, puis un passant qui cherchait son chemin, la main en visière, ébloui. Elle continuait de marcher, les bras croisés sous la couverture de ses cheveux. La sueur de sa nuque commençait à se rafraîchir, et elle avait presque froid, alors qu'autour d'elle les gens avaient étrenné leurs premiers vêtements d'été. Ses pieds lui faisaient mal, et elle évitait de poser le talon sur le sol pour les épargner, ignorant qu'elle ne faisait qu'aggraver la douleur. Dans son oreille, le sifflement mourait lentement, ou alors elle s'y était habituée ? Mais pourquoi avait-elle si froid, pourquoi la lumière et la chaleur du soleil ne la réchauffaient-elles pas ?

Éva étudiait les passants comme les fomentateurs d'un complot contre elle. Ici, cet homme en manches courtes, là, ce gamin en short. Là… oh mon Dieu, c'était elle ? Où ça ? Là, oui juste là. À côté de l'Abribus. Mais si, enfin ! En face du Prisunic ! Éva n'en était pas sûre… mais la ressemblance était frappante. Elle portait une robe légère, et ses cheveux noirs rebiquaient sur ses épaules, on voyait mal son visage à cause de son chapeau, mais c'était bien le sien, pâle, mélancolique. Si, c'était elle. Isabelle Adjani. Éva s'en approchait, comme pour aller lui parler, et au moment où elle fut juste derrière son épaule, celle-ci se retourna. Dans ses cheveux noirs s'entremêlaient des centaines de filaments d'un blanc sale et, derrière une couche épaisse de poudre de riz, apparaissaient des taches brunes et des rides mal colmatées par le maquillage. Ce n'était pas Isabelle Adjani, mais une vieille femme qui attendait son bus. Éva grelottait désormais. Alors que la fausse Adjani se faisait aider pour grimper sur le marchepied, Éva se jura de tout arrêter. La troupe, le théâtre, *La Mouette*, le premier cri du nouveau-né – entre nous, c'était un peu une blague cette histoire de premier cri du nouveau-né, non ? Il n'y avait plus rien à rêver, et d'ailleurs on ne l'y reprendrait plus.

16

Éva n'était pas tout à fait réveillée, et du fond de ce demi-sommeil poisseux et collant, elle se disait qu'il était l'heure. *Allez, un peu de nerf quoi, tu ne vas pas t'éterniser ici.* Elle ne rêvait pas, elle était même parfaitement consciente, elle pensait au moment où elle et Michel chargeraient le coffre de la Mégane, passeraient une main légère en dehors de l'habitacle pour dire au revoir et merci. Éva essayait d'ouvrir les yeux, de dresser sa tête au-dessus de l'oreiller… C'était comme soulever de la fonte. À travers les fentes de ses paupières, elle sentit un brouillard doré, la lumière du jour, qui forçait au pied-de-biche tous ses sens endormis. Elle entendit la voix de Michel, lui dire d'abord gentiment : *Ho ho, Éva, réveille-toi*, puis de plus en plus fort, presque menaçant : *Tu vas te réveiller, oui ?* Elle sentit qu'il la secouait par les épaules. *Mais pourquoi tu t'énerves ? Je t'entends, je vais me réveiller, laisse-moi quelques secondes, mais arrête de me secouer comme ça, j'ai la tête qui tourne.*

Mais Michel était furieux. Il tapa du pied, comme un petit garçon. Seulement, il y eut une telle force dans ce coup de talon, qu'il lui sembla que les murs avaient tremblé. C'est alors que les battants de la fenêtre cédèrent violemment sous un coup de vent. Éva se réveilla pour de bon. En ouvrant les yeux, elle vit les rideaux se gonfler d'air, au moment où un courant froid et humide traversait la chambre. Elle entendit comme une chute d'épingles sous la fenêtre. Il pleuvait dans la pièce. Elle se leva d'un bond pour refermer les battants, en évitant la flaque d'eau qui venait de se former sur le parquet. L'espace de quelques secondes, elle s'attarda derrière la vitre. Le sommeil l'avait trompée, il n'y avait pas de lumière, pas de brouillard doré, mais une nuit épaisse, une nuit qui était loin d'en avoir fini.

En vingt ans de vie commune, Éva n'avait jamais vu Michel les yeux ronds, vides d'insomnie, la nuit, compter les heures, les minutes, jusqu'à ce que le soleil daigne se lever. Elle ne l'avait jamais vu perdre l'appétit, se priver de dîner en se tenant le front. En toute circonstance, il mangeait et dormait. Manger, parce que la faim vous le commande, et dormir, dormir d'une traite, en un seul voyage, il semblait à Éva que ça ne lui était pas vraiment arrivé depuis des années. Michel dormait sur le dos, la tête bien en arrière, comme un gisant. Ses pieds en canard dépassaient des draps, ils refroidissaient le reste de son corps. Éva s'était toujours demandé comment on pouvait fabriquer autant de chaleur, endormi, quand tous les muscles sont assoupis.

Michel n'avait fait aucun commentaire sur la soirée qu'ils avaient passée, rien dit sur *La Mouette*, Nina, ou Edgar Homme. Il s'était contenté de toiser sa femme d'un air accablé : *On va essayer de ne pas en faire un drame.* Il s'était déshabillé en silence, assis sur le lit, puis s'était faufilé dans les draps, avait éteint sa lampe de chevet, et bâillé un « j'suis crevé ». Il avait fait semblant de s'endormir en quelques secondes, en prenant une respiration lente et régulière. Alors qu'il essayait de se cacher dans le sommeil, des images se bousculaient sous ses paupières. Éva et ses longs cheveux fous, qui lui balayaient le haut des fesses, et qu'elle avait coupés quelques mois après sa rencontre avec Michel. Éva, le jour de leur mariage, quelques kilos en moins déjà, et l'air de se cramponner à une nouvelle vie, sûre et confortable. La cuisine d'Edgar avec son tas de meubles emballés... cette affreuse soirée... la sueur d'Edgar, cette perversion dans le regard, cette manière de forcer Éva, de la contraindre à un rôle qui lui était si douloureux. Mais qu'est-ce qui avait pu se passer entre eux ? Pourquoi ne lui avait-elle jamais rien dit ? En regardant *Il court toujours*, qu'est-ce que ça lui coûtait de lâcher qu'elle avait connu ce type ou même, qu'est-ce qu'il en savait, couché avec lui ? Pourquoi les avait-elle laissés venir ici, chez lui ? Il se sentait cocu par rétroaction. Humilié aussi parce qu'Edgar l'avait trompé, en lui laissant croire qu'ils pourraient être complices. Complices d'une histoire qu'il commençait tout juste à deviner, mais qu'il n'entendait pas se faire raconter en détail.

Il voulait rentrer chez lui. C'était tout ce qu'il souhaitait. Éva venait d'éteindre la lumière, Michel ouvrit les yeux dans le noir. Rentrer chez lui. Demain matin, ils décamperaient à la première heure. Il voulait être seul avec Éva, la retrouver coûte que coûte : sa petite Éva mélancolique qui parlait peu, mais sa petite Éva quand même. Sa petite Éva qui était pleine d'angoisses, de mots et de pensées qu'il voyait passer en transparence dans ses yeux, et qu'il était incapable de saisir. Il avait hâte de la retrouver, elle et son canapé, ses plantes vertes, cette vie commune un peu ébréchée, mais laquelle ne le serait pas ? Éva l'avait trompé, il ne voulait pas savoir où, quand, comment, lui non plus n'était pas franchement blanc comme neige. Mais ils devaient continuer ensemble, en dépit des mensonges et des zones d'ombre. Il en était sûr désormais. Éva, c'était lui. Cette certitude fut un sésame vers le sommeil, car quelques minutes plus tard, ses pieds en canard se creusaient un tunnel sous les draps pour trouver la fraîcheur de la chambre.

Éva était assise sur le lit, adossée au mur. Elle s'était habituée à l'obscurité, et scrutait les objets de la chambre. Parfois, elle butait sur une chose en forme de queue de lapin ou de corne de licorne, et se concentrait pour trouver sa véritable identité. Qui était forcément décevante : un tube de dentifrice, une lampe, une chaussure. Dans la nuit, ses sandales semblaient des petites sculptures abstraites, des restes tourmentés d'une antique coulée de lave. Elle ne pourrait jamais les remettre, elles étaient fichues, saccagées par le mauvais temps. Cela dit, on pouvait peut-être les récupérer, en les lavant sous un jet d'eau claire ? Éva se précipita hors du lit, s'empara de la paire de sandales. La boue, qui avait séché, s'effritait sur les lanières de cuir comme du sable. Éva tourna le bouton de la poignée, glacé dans sa paume.

Le couloir donnait sur des portes qui, si elles avaient été légèrement entrouvertes, auraient pu laisser filtrer une obscurité moins dense, presque lumineuse. Mais là, elles étaient toutes hermétiquement closes, et Éva avait l'impression d'être tombée dans une boîte noire. Sa raison savait que la porte de la salle de bains se trouvait sur sa droite. Alors elle fit un pas prudent dans cette direction, tout en cherchant à tâtons un indice, une poignée, un pan de bois qui sonnerait creux. Sa main aveugle nageait dans le noir, quand elle rencontra une autre main. Une main qui se referma sur la sienne comme une trappe, et qui fut portée jusqu'à une bouche, chaude et humide. Les sandales tombèrent par terre. On lui léchait l'index. Quelques secondes plus tard, il avait été complètement englouti dans cette bouche invisible qui se repaissait de sa peau en faisant un bruit de mandibules.

— Ed...Edgar ?

La bouche parcourait désormais son bras, lui mordillait le poignet, faisait rouler entre ses dents ce petit os tout rond et saillant qui se coinçait toujours dans la chaîne de son bracelet-montre. Elle laissait sur son passage une traînée de salive, qui gagnait petit à petit son corps tout entier. Éva sentit qu'on l'emportait, que de debout, elle était désormais assise, puis allongée dans des draps défaits et froids. La bouche continuait de la dévorer, son genou, son mollet. Éva disparaissait entièrement dedans, sans résistance, sans faire de différence entre ses baisers, les tendres et les moins tendres. Pour elle, ce n'était que de la douceur. Elle en était droguée, hypnotisée. Combien de temps passa-t-elle ainsi, dans ce lit qui se réchauffait à mesure que la bouche la déshabillait, l'avalait ? Elle aurait été incapable de dire où elle se trouvait, quand, si c'était l'aube ou la nuit, le printemps, l'automne. Quant à savoir quelle aube, quelle nuit, celle d'hier ou de demain, ou d'un futur si lointain qu'elle ne l'atteindrait jamais, c'était impossible à dire.

Quand sa conscience se réveilla, Éva vit simplement qu'elle était dans sa chambre, qui était alors baignée de lumière. Michel faisait des allées et venues dans la pièce, un vêtement, un objet à la main qu'il jetait sans se soucier de l'ordre dans la valise.

— Dépêche-toi parce que je ne voudrais pas partir trop tard, il est déjà 9 heures, dit-il alors qu'Éva regardait médusée la bosse de son poignet.

Elle était douloureuse, et en se massant prudemment l'articulation, Éva découvrit que des milliers de mouvements dépendaient de la viabilité de ce petit bouton d'os sous la peau. Ce matin, elle serait sans doute un peu handicapée pour se lever, se brosser les dents, boutonner ses vêtements, car son poignet lui faisait mal, et qu'il entraverait tous ses gestes. La bosse qui retenait la chaîne de son bracelet-montre avait enflé. Un bleu s'y était formé dans la nuit, si vite.

— Qu'est-ce que t'as ? lui demanda Michel qui s'était approché. Tu t'es cognée ?

— Je ne sais pas... j'imagine.

17

Éva et Michel s'étaient mariés dans la précipitation, trois ou quatre mois après leur première rencontre. À l'époque, Michel était étudiant en médecine, il vivait, très mal, de gardes, où chaque nuit c'était carnaval au milieu des accidentés de la route et des mourants. Éva, contrairement à lui qui se sentait à mi-parcours d'une jeunesse triomphante, était pressée de se marier. Elle pensait qu'ainsi rien ne pourrait lui arriver, et dans un sens, il ne lui arriva quasiment rien, en vingt-deux ans de mariage. Elle avait arrêté ses études pour pouvoir travailler dans une agence de voyage, où on avait placé son bureau entre deux éventails géants, juste derrière la vitrine. Dans l'équipe, on était fier de cette jolie fille, une Vénus dont les nattes lui battaient les reins, et qui, entourée d'éventails en fausse soie qui prenaient la poussière, donnait envie de devenir client.

Et puis elle s'était coupé les cheveux, et on jeta les éventails, pour les remplacer par un mur de plantes vertes. Sur ses doigts, sa nuque, Éva avait gardé le souvenir sensoriel de ses longs cheveux, et souvent, machinalement, elle essayait de les entortiller, de les ramasser en un chignon impossible, qui se déballait au fur et à mesure qu'elle le montait. « Qu'est-ce qu'il s'est passé ? » lui avait demandé, désolée de ce gâchis, une jeune femme qui travaillait avec elle. Deux mois plus tard, elle se mariait.

Éva s'était lentement, progressivement, dissoute dans son mariage. D'abord ses cheveux, ses poignées d'amour, son rire de fontaine, puis ses seins comme les mamelles d'une Artémis d'Éphèse. Ils disparurent, rongés par une vie conjugale calme et sereine, dont personne pourtant n'aurait cru qu'elle fût si acide. Personne, pas même Éva, encore moins Michel. Ils s'aimaient, ils étaient heureux. Elle se reposait dans cet amour sans vertige, qui maintenait une dalle solide sous chacun de ses pas, qui la réchauffait quand elle avait froid, la mettait au lit quand elle était fatiguée, lui posait une main fraîche sur le front quand elle était prise de fièvre. Elle était femme de médecin, se répétait-elle devant le miroir. Femme de médecin. Ce titre agirait sur sa vie comme un traitement prophylactique, une formule magique qui façonnerait une cuirasse invisible sur ses épaules devenues frêles, et lui épargnerait toutes ses choses qui ne l'avaient jamais inquiétée auparavant, et commençaient désormais à la terroriser : les maladies, les accidents, les chiens méchants. Michel allait bientôt ouvrir son cabinet en s'associant avec trois autres médecins. Il s'était fait pousser la barbe, parce qu'il trouvait que ça allait bien avec sa blouse blanche. Cette barbe, rassurante pour les patients comme pour Éva, était la première chose qu'elle cherchait dans le noir quand elle faisait des cauchemars.

Michel et Éva s'installèrent dans un petit appartement dont le propriétaire avait dit qu'il serait « parfait pour des jeunes mariés ». *Parfait*, ça voulait dire pas très confortable, très chaud l'été, glacial l'hiver, mais parfait pour l'amour et la conception d'un enfant. Comme ils n'en eurent jamais, ils restèrent plus longtemps que prévu dans cet appartement pour aspirants parents. Ils y firent beaucoup l'amour, d'abord de manière désintéressée, pour la beauté du geste, puis de façon méthodique, les jours de fécondité. Éva maigrissait de ne pas pouvoir être grosse. Elle se disait que son corps avait été puni, car elle savait que du temps de son buste mamelu, un enfant aurait facilement trouvé sa place, là, à l'intérieur d'elle, couvé sous sa chair. Mais maintenant, quel bébé aurait voulu de ce nid osseux, de ses hanches plates, de ces flancs rayés par une cage thoracique de plus en plus apparente ? Qui aurait voulu téter à ces seins qui s'étaient vidés de leur substance vitale, et pourtant n'en paraissaient que plus lourds, étirés par la force de gravité ? Les bébés ne naissent que s'ils peuvent vivre. Si la mère elle-même est incapable de subvenir à cette vie, eh bien, on la prive de cette vie, tout simplement.

Les tests de fertilité avaient conclu que le problème venait d'Éva, et elle ne s'en sentit que plus coupable. Michel avait l'air de penser que ce n'était pas si grave que cela, et il citait en exemple les couples qui se refusaient des enfants, pour rester au plus près de leur amour.

C'était le gage qu'ils s'aimeraient toujours, lui disait-il en la prenant par les épaules et en la secouant un peu avec tendresse, et voyant qu'elle se laissait faire sans réagir, il allait cueillir son regard, que la tristesse faisait tomber lourdement sous ses paupières. Juste avant qu'elles ne touchent le sol, Michel récupérait les prunelles de sa femme comme des billes de verre, fragiles et précieuses, qu'on ravit à la chute. Il relevait son regard de ses yeux, et face à Éva, se demandait soudain s'il serait assez fort, assez solide et honnête, pour l'aimer toujours. L'aimer toujours, ça signifiait aussi bander, jouir, et tout d'un coup, il n'était plus sûr de rien, mais se promettait d'y croire malgré tout... On verrait bien.

Ils en avaient parlé des centaines de fois, mais il était contre. Michel prétendait que ça soulageait peut-être la peine au début, mais qu'après, à l'adolescence, à l'âge adulte, ça donnait des individus fragiles. Éva ne savait pas ce que c'était, mais lui il en avait vu, en consultation, des enfants adoptés qui ne savent pas qui ils sont, et ne le sauront jamais, et toute cette souffrance – à laquelle les parents ne peuvent rien – un jour ça leur saute à la figure. Adopter, ce n'est pas seulement être parent, il faut assumer un vide, une absence, tu comprends, Éva ? lui disait-il. Non, elle ne comprenait pas.

Elle faisait souvent le même rêve, où elle était allongée sur son lit, à côté d'un tout petit bébé qui gigotait sur le drap. Ce bébé, Éva ne l'avait pas porté, il n'était pas à elle, à qui était-il d'ailleurs ? Il avait pris on ne sait quel chemin, et il était là, heureux sur son lit, et comme Éva l'aimait ! C'était même fou cet amour pour un étranger de quelques centimètres, cet être dont elle ignorait le prénom (elle l'appelait Bébé), qui n'avait rien en commun avec elle, sinon le lit sur lequel ils étaient tous deux étendus, à se regarder, à se sourire, à se dire je t'aimerai toujours. De temps en temps, elle lui soufflait son haleine sur les yeux, et cette douce, chaude rafale de vent le surprenait et le ravissait à la fois. Il souriait, l'air de dire *encore ! encore !* Éva soufflait à nouveau sur son visage, puis elle lui caressait les cheveux, des cheveux dorés si fins qu'ils laissaient voir la peau blonde de son crâne. Elle passait une fois, deux fois, trois fois, la main au-dessus de son front, et c'était tellement bon qu'elle recommençait de plus en plus intensément, amoureusement. Les paupières de bébé se refermaient délicatement à chaque caresse, comme pour mieux s'abandonner, et puis elles se fermaient pour de bon. Bébé s'était endormi dans un sourire. Chhhhh... Il dormait. Éva lui caressait le ventre du bout des doigts, en chantonnant *dodo dodo*, doucement pour ne pas le réveiller. Pour rien au monde elle ne l'aurait installé dans son berceau, elle le voulait encore près d'elle, même si lui était... ailleurs. Elle se rapprochait de lui, sa bouche frôlant son front, et lui chuchotait des mots qui ressemblaient à des baisers, des milliers de petites caresses qu'il ne sentait sans doute pas, là où il était parti. Ces baisers, c'était pour elle qu'elle les donnait, d'ailleurs elle finissait toujours par s'endormir à son tour, cajolée par sa propre tendresse. Elle s'endormait, la main posée sur le petit ventre qui montait et descendait au gré de sa respiration tranquille.

Éva se réveillait, pleine de l'odeur sucrée des cheveux de bébé, sentant encore sa peau rebondie, ses jambes pliées comme des pattes de batracien. Ne me prive pas de cet amour, Michel, ne m'en prive pas, se répétait-elle en se réveillant. Elle se le répétait jusqu'à entendre le son de sa propre voix, s'élevant dans la nuit du petit matin, effleurant les oreilles endormies, sourdes, de Michel. *Ne m'en prive pas car sinon je n'aurai plus rien.*

18

Michel leva le nez des chaussures qu'il était en train de lacer. Il avait entendu le pas d'Éva, peut-être même sa respiration, une impression familière qui fut déçue quand ses yeux la rencontrèrent. Elle avait ressorti sa robe rose. Elle la portait les épaules nues, sans sa veste en daim par-dessus, et Michel était gêné par cette légèreté soudaine. Il observa son poignet bleu, et il se dit que ce n'était pas prudent de sortir comme ça, qu'elle allait attraper froid ou se cogner quelque part... si elle tombait dans les escaliers, elle s'écorcherait les genoux. Il la trouvait si vulnérable dans cette robe.

Éva venait de se laver les cheveux, et l'eau avait formé un casque rainuré après le passage du peigne. Certaines mèches avaient séché plus vite, et lévitaient, frisottantes, au-dessus de sa tête, les autres, encore chargées d'eau, coulaient des larmes dans son dos, que la soie de sa robe gobait.

— Tu vas attraper la mort comme ça.

Michel s'apprêta à lui chercher un gilet, quand il vit ses tétons se durcir sous le tissu, se friper comme des raisins de Corinthe. Il eut soudain envie de les réchauffer, de les prendre dans sa bouche, et d'y souffler son haleine, mais il se retint, car il avait compris. Cette robe, cette tenue, ces cheveux mal essorés... c'était pour l'autre, n'est-ce pas ?

— J'ai réfléchi, commença Éva. J'ai quarante-cinq ans...

Michel détestait les explications qui débutaient ainsi, qui faisaient mine d'être raisonnables, longuement pensées, alors qu'elles étaient folles, masochistes. C'étaient des explications qui semblaient dire que ça valait la peine qu'on se mutile un peu, oh mais rien qu'un peu, hein, on s'amputerait juste la dernière phalange de l'auriculaire. Ça serait peut-être douloureux sur le moment, ça ne durerait que quelques secondes, et après on ne sentirait plus rien, et on se demanderait même : comment j'ai pu vivre avec mes cinq doigts en entier ?

— J'ai quarante-cinq ans, Michel, et je sais qu'il est trop tard pour beaucoup de choses, mais... comment dire... tu vois, je me demande souvent, qu'est-ce que j'ai de bien à moi ? Quelque chose qui ne soit rien qu'à moi, hein ? Même toi, tu ne saurais pas dire. Tu te rends compte que j'ai passé ma vie comme si j'avais les paumes des mains percées ?

Elle lui tendit ses mains grandes ouvertes, pour qu'il juge par lui-même.

— Je n'ai rien retenu, rien épargné. Que du vent. Toi, tu as ton travail, mais moi ? Ah oui, je t'ai, bien sûr, mais s'il me reste encore quarante ans à vivre, j'aimerais les vivre autrement que ceux qui viennent de passer. Je voudrais...

Michel remarqua qu'il n'avait pas noué les lacets de sa chaussure gauche, et tout en se baissant pour le faire, il demanda :

— Tu voudrais quoi ?

— Tu pourrais me regarder quand je te parle ?! l'invectiva-t-elle avec violence. Tu pourrais m'écouter, un jour dans ta vie ? Me considérer un peu mieux que comme ta bourgeoise de femme ? *Tu voudrais quoi ?* Merde ! Tu dis ça comme si je te demandais de me signer un chèque...

— Moins fort, il va nous entendre. Tu voudrais quoi ? Dis-le. Je n'ai jamais été aussi attentif.

Il s'était relevé, et son corps tout entier était aimanté vers sa bouche, ces mots qui sortiraient enfin.

— Je vais reprendre le théâtre.

Qu'avait-il à répondre à cela ? Rien. Si cela pouvait l'aider, alors oui, bien sûr... Des cours de théâtre, ce n'était pas la mer à boire, ni pour lui ni pour elle, il y en avait plein leur quartier, elle pourrait en trouver un à côté de chez eux. Elle irait un soir par semaine, et puis au bout d'un an de répétitions et de travail, elle monterait sur scène devant un public. Elle jouerait la comédie « en conditions ». Des cours de théâtre ? C'était tout ce qui lui manquait pour être heureuse ? Et elle lui demandait la permission pour ça ?...

— Edgar m'a dit qu'il m'aiderait, continua-t-elle avec prudence.

Sa tête légèrement baissée par un sentiment inavouable – la honte, le remords ? –, on avait l'impression que ses yeux essayaient de se cacher dans l'arcade sourcilière.

— Comment ça, chérie ?

— Il connaît tout le monde, il pourra m'aider... il... il va jouer dans une pièce qui a été écrite par un de ses copains, et il m'a dit qu'ils n'avaient pas encore trouvé la comédienne. Ils cherchent une rousse...

— Ils cherchent une *comédienne* rousse, pas une rousse... Éva... c'est pas vrai que t'es tombée dans le panneau...

Il soupira en se grattant le crâne, ses cheveux aussi bruns et touffus qu'à l'âge de ses vingt ans, et sa main dedans, une belle main pleine d'expérience et de savoir. Éva s'était souvent fait la remarque de cette injustice : Michel avait très peu vieilli. Il avait pris un peu d'embonpoint, mais le reste était là, fidèle depuis vingt ans, qui rassurait ses patients. Un chirurgien plastique qui ne vieillit pas, c'était la meilleure des publicités. Pas un cheveu blanc, pas une tache brune sur les mains. Alors que ses mains à elle... on aurait dit qu'elles avaient écopé l'eau de la mer Morte, creusé des tunnels dans le sable. Qu'avaient-elles accompli, ces mains-là, pour être si abîmées ?

— S'il m'en a parlé, c'est qu'il s'imagine que j'en suis capable, il m'a dit que c'ét...

— Éva, ça fait vingt-cinq ans que tu n'es pas montée sur une scène ! Tu vas pas me dire que, du jour au lendemain, les gens deviennent des comédiens professionnels, donnent la réplique à Edgar Homme. Éva, tu ne sais pas conduire une voiture quand il pleut, tu as peur des bergers allemands et du vent qui souffle la nuit, tu vas pas me faire croire que tu te sens capable de monter une pièce avec Edgar Homme. Non mais tu sais qui il est ? Éva, ho ! lui cria-t-il comme s'il voulait la réveiller.

— Il me l'a dit, Michel. Il ne me l'aurait pas proposé s'il pensait que je n'étais pas à la hauteur. Il me l'a dit, je l'ai entendu. Il m'a dit que je pourrais « coller », parce qu'ils cherchaient une rousse.

— Il te l'a dit quand ?

— Cette… cette nuit.

— Qu'est-ce que tu foutais avec lui cette nuit ? Réponds, putain ! Qu'est-ce que t'es allée foutre avec Homme cette nuit ?

Il attendait la réponse, impatient, la main suspendue en l'air comme une menace, et si immobile qu'elle en tremblait.

— Mais… rien. Enfin, je me suis levée pour aller aux toilettes, et je l'ai croisé dans le couloir. On a parlé un peu, à vrai dire, je ne me souviens pas trop de ce qu'il s'est passé, mais je sais qu'à un moment, il m'a parlé du théâtre, et dit que c'était dommage d'avoir tout arrêté…

— Comment ça, tu te souviens pas ? Ça veut dire quoi ?

Il la prit vigoureusement par le bras et lui ordonna :

— Allez, tu mets tes chaussures, on y va.

Éva vrilla son bras pour pouvoir s'échapper de son emprise, les doigts de Michel y avaient laissé des marques rouges.

— Pourquoi tu ne veux pas me croire ? lui lança-t-elle.

Dans ses yeux éteints, le remords s'était fondu en tristesse.

— Croire quoi ?

— Que je pourrais réussir là-dedans, que j'ai du talent. Qu'est-ce que tu en sais ?

Michel pensait encore que tout n'était pas perdu, qu'il parviendrait sans doute à la raisonner, à la rattraper de justesse avant que ses propres rêves ne l'engloutissent, il essaya donc de lui expliquer ce qu'il pensait. Souvent, ce que pensait Michel, Éva le pensait aussi.

— Le problème, c'est pas ton talent, chérie. Il t'en reste sans doute des quantités, je suis mal placé pour juger, mais je suis prêt à te faire confiance là-dessus.

Il parlait avec assurance, comme un professeur qui décortique une équation, et qui sait qu'il a raison, qu'on le comprenne ou pas.

— Le problème, Éva, c'est qu'on ne devient pas comédien parce qu'on le décide à quarante ans. Les comédiens ne naissent pas de nulle part, d'ailleurs cette rousse qu'ils choisiront...

— Je te dis qu'Edgar est prêt à me donner ma chance.

De la voir si sûre d'elle, si implacablement encrottée dans sa vanité, le rendit faible. Il était en train de la perdre, et cette seule impression avait ouvert une petite fenêtre où s'engouffraient dans un tourbillon tout un tas de sentiments détestables : l'impuissance, la honte, la peur, la haine.

— Pourquoi te donne-t-il ta chance ? reprit-il, de la colère dans la voix. Tu t'es posé la question ? T'as pas compris que tu t'étais humiliée, là ? Qu'est-ce que t'as foutu avec lui cette nuit ?

C'est *ça* la question, Éva. Si t'as couché avec lui... t'as couché avec lui, oui ou merde ? Elle vaut rien la chance d'Edgar. Tu entends ? C'est que dalle.

Il forma un zéro avec ses doigts, qu'il plaça bien en évidence sous les yeux d'Éva.

La valise était remplie des affaires de Michel et d'Éva. La trousse de toilette de chacun, l'une avec un imprimé écossais pour lui, l'autre en cuir marron pour elle. C'était assez mal rangé, le linge sale avec le linge propre, les pulls et les chemises en boule. Certains vêtements n'avaient pas été portés, et ils restaient hermétiques au foutoir ambiant, les boutons sagement fermés, les plis du fer à repasser bien en place. La fermeture Éclair engloutit avec peine le contenu de la valise trop pleine. Le rail métallique ondulait sous les poussées des chaussures, des jeans, des brosses à dents en vrac. Les valises sont toujours plus difficiles à boucler au retour. Quand celle-ci fut prête à partir, Michel la souleva et annonça :

— Je veux pas le voir, ou je vais lui casser la gueule.

Il tendit la main à Éva. – Viens, on s'en va.

19

Éva secouait près de son oreille une des bouillottes métalliques de la chambre. Elle y écoutait l'eau qui tanguait. Il n'y en avait plus beaucoup, le contenu d'un petit verre qui clapotait doucement à l'intérieur. Quand elle en eut assez, elle la reposa sur le plateau d'un guéridon, et fut surprise par la pluie qui se déversa soudain sur le jardin. Elle jeta un œil à la vitre, et d'imaginer l'eau, le froid, sa nuque mouillée, revint à lui rappeler qu'elle était seule. Il était parti, sans elle. Les pneus de la Mégane avaient crissé sur les graviers, et la voiture s'était éloignée, laissant deux traînées sur le sol humide. Éva avait pensé qu'elle s'arrêterait au milieu du chemin, elle l'avait pensé très fort en fermant les yeux, imaginé que la portière du passager s'ouvrirait, l'interpellerait : *Viens ! je ne t'en veux pas, viens ici tout de suite, je mettrai le chauffage, et tu n'auras pas froid. On ira dans un petit bistrot de campagne, et tu commanderas un café au lait, et ça sera chaud et bon, et on oubliera tout. Allez viens maintenant.* Mais la Mégane avait poursuivi sa route. Il lui semblait même qu'elle avait accéléré au milieu du chemin, pour disparaître plus vite de cet horizon trop court, amputé par les forêts.

Était-ce cela « quitter » son mari ? Ou bien était-ce elle qui avait été quittée ? Il lui semblait qu'elle n'avait pris aucune décision, et pourtant tout était tellement définitif... Il était parti. Il l'avait sommée de le suivre, elle avait dit : je reste ici. Il n'avait pas essayé de la convaincre, et cette façon qu'il avait eue de descendre les escaliers calmement, leur valise à la main, sans revenir sur ses pas, ni se retourner, sans penser *je me suis peut-être trompé*... cette façon d'accepter ce qui arrivait sans protester avait fait croire à Éva qu'il ne l'avait jamais vraiment aimée. Il se serait battu sinon, non ? *Il m'aurait prise de force, et installée dans la voiture.* Mais il l'avait laissée.

Elle l'avait laissé ? Il verrait, dans quelques mois, il s'en mordrait les doigts. Parce que sa vie allait commencer, se convainquait-elle allongée sur le lit, en regardant, la tête à l'envers, le plafond comme parterre et la pluie tomber derrière les rideaux. Edgar la prendrait sous son aile, elle jouerait la rousse dans cette pièce dont il lui avait parlé, comment s'appelait-elle déjà ? *Les femmes... Les fées ont toujours raison*. C'était un signe, ça. Le retour de la vie dans sa vie. Si les fées ont toujours raison, pourquoi s'inquiéter ? Edgar serait là. Il était *déjà* là. C'était lui qui était venu la chercher cette nuit, qui l'avait léchée, sucée, avait fait rouler sa langue sur son corps. Elle n'avait pas rêvé. Et ce bleu alors, à son poignet ? Ce bleu était la preuve irréfutable qu'il l'aimait.

Il n'y avait pas un bruit dans la maison, et Éva se leva du lit à la recherche d'une agitation, d'un peu de vie autre que la pluie qui tambourinait sur les vitres. Elle arriva dans la cuisine, où Mimona faisait la vaisselle en remuant son gros popotin qui suivait les mouvements circulaires de l'éponge sur une casserole. Un petit café ? proposa-t-elle en se retournant sur Éva, et en s'emparant de la cafetière. Oui, volontiers. Elle avait vu cette pluie ? Éva acquiesça du menton, les lèvres serrées. Quel pays, hein, et encore, on n'était qu'en août... elle imaginait l'automne ?

Derrière la vitre, Éva vit le chien, qui courait, excité par la pluie, autour du piquet. Ses pattes étaient piquées de brins d'herbe mouillés et d'une boue pâle, jaune, qui ressemblait à de la merde.

— Vous ne le rentrez pas ? Il va s'épuiser comme ça, demanda Éva, inquiète.

— C'est justement pour ça qu'Edgar l'a mis là, dehors. Pour qu'il crève plus vite. Mimona lui tendit une tasse. Quand Éva la prit entre ses doigts, elle sentit que le café, pas très frais, avait eu le temps de tiédir.

— « Pour qu'il crève plus vite » ? Je ne comprends pas. Il est là depuis combien de temps ?

— Deux, trois jours, juste avant que vous arriviez. Il était censé prendre son dernier repas vendredi, mais je lui ai donné des croquettes hier. En cachette. Edgar a la flemme de le faire piquer...

— Mais c'est ignoble !

— Vous pensez bien que je lui ai dit. En plus, si quelqu'un découvre comment ce chien est mort, il aura des ennuis, je peux vous l'assurer, on rigole pas avec les bêtes.

Éva, le front appuyé contre la vitre, hésitait à ouvrir la porte, à sortir pour libérer le chien. Elle prendrait son courage à deux mains, traverserait le jardin, tant pis pour la robe, et s'approcherait du forçat pour défaire sa chaîne. Oui, elle en serait capable, il suffirait de fermer les yeux et d'imaginer que ce n'était pas un chien, un horrible bouledogue aux dents noires et à la langue pendante, mais un enfant sans défense, qui avait besoin d'aide. D'elle. Éva avait décidé qu'elle le ferait, sa main resserrée sur la poignée, elle était prête à agir.

— Vous partez quand ?

La voix de Mimona avait rompu un charme. C'était comme si la réalité avait toqué à la porte, faisant comprendre à Éva que jamais, jamais de sa vie, elle n'oserait s'approcher d'un chien méchant, même repenti, le prendre par le cou et défaire son collier.

— Je... je sais pas encore.

— Après la pluie ?

— Oui, c'est ça, après la pluie, répéta Éva.

Elle fit tourner les dernières gouttes de café au fond de sa tasse, et les avala d'un coup sec en penchant la tête en arrière. Mimona retourna à sa vaisselle, son gros popotin gigotant comme dans une samba. Éva étudiait son dos dodu, sa taille minutieusement ficelée dans la ceinture du tablier, ses gros pieds nus et crevassés chaussés dans des babouches trop petites pour elle. Mimona fredonnait un air duquel s'échappaient quelques mots intelligibles. On entendait « ma vie », « sans toi »,

« ton épaule », qui disparaissaient aussitôt, mangés par le bruit de l'eau qui coulait, et les mmmmmm de Mimona.

— Mimona ? Mimo... ?

Éva voulait lui demander quelque chose, mais elle était embarrassée, elle craignait de la déranger, alors elle s'approcha d'elle pour lui faire sentir sa présence. Elle finit par toucher, comme si elle frôlait le feu, son épaule, qu'elle sentit sursauter sous ses doigts.

— Pardon, Mimona, vous savez où est passé Edgar ?

— Edgar ? Mais il est parti tout à l'heure. Chercher sa femme, à la gare. Elle a pris le train de 10 heures. Il m'a dit de pas les attendre pour le déjeuner. Pourquoi ? Ah vous ne lui avez pas dit au revoir ? Ne vous en faites pas, il se contentera d'un petit mot.

— Sa femme... elle vient ?

— Oui. Ben oui, finalement, vous voyez, tout arrive.

Éva prit son poignet dans sa main. Elle chercha des doigts le bouton d'os douloureux, puis observa le bleu mauve, comme si c'était un corps étranger, quelque chose qui ne lui appartenait pas, et s'était pourtant faufilé sous sa peau, un parasite, une minuscule sangsue qui se nourrissait d'elle, aspirait son sang, son énergie. Minuscule, et pourtant capable de l'évider tout entière, pour ne laisser après son passage qu'une carcasse sans vie.

20

Elle n'avait que son sac à main. Il lui semblait anormalement léger, et pourtant, en vérifiant, elle vit que toutes ses affaires y étaient : son portefeuille, son chéquier, ses cigarettes, sa trousse à maquillage tachée de poudre de riz, un livre – elle ne fit même pas l'effort de se rappeler lequel. Un livre, comme si c'était le moment ! Elle n'avait que son sac à main et sa veste en daim, et dedans, ses bras crispés, son cou douloureux, à force de vouloir rentrer en force dans ses épaules. C'était difficile de savoir si le froid qui la parcourait était seulement une infiltration de l'atmosphère ou une réaction dans son organisme, une vanne cassée à l'intérieur d'elle, et qui répandait un puissant jet glacial. Elle grelottait, encore heureux qu'il ne pleuve pas. Enfin, la pluie pouvait revenir, elle était encore là, qui brillait dans les feuilles des arbres, salissant de gris le ciel en serpillière, et qui semblait dire là-haut : *je reviens, j'en ai pour un moment*.

Éva marchait vite. Bientôt, la maison dans son dos aurait disparu, et c'était l'essentiel. Pour le reste – où elle allait, comment... – elle trouverait des solutions. Elle mettrait peut-être trois jours à rentrer, mais elle rentrerait… Rentrer où ? Chez eux, chez… lui, Michel ? Elle ne savait pas qui devrait pardonner à l'autre, qui devrait aller vivre à l'hôtel. Elle n'avait pas envie de revenir. Elle n'avait envie de rien, sinon de disparaître d'ici. Par moments, elle devait enjamber une flaque, alors elle relevait sa robe en soie qui commençait à être éclaboussée de boue, elle prenait son élan afin de mettre les pieds là où le chemin était plus sec. C'était une calamité, ce chemin… Éva s'essoufflait, à marcher sur les demi-pointes, à sautiller entre les mottes de terre qui surnageaient dans la fange. De loin, on aurait pu croire une fillette en train de jouer à la marelle, avec cet entêtement du jeu jusqu'à s'en épuiser.

Éva entendit au loin un bruit de moteur et elle se rangea instinctivement sur le bas-côté, longeant le fossé qui dégorgeait d'eau, de feuilles, et d'on ne sait quels animaux pour qui cette mare immonde devait constituer une sorte de paradis. La voiture était longue à venir, et Éva leva les yeux vers elle. Elle vit un véhicule que la distance rendait minuscule, un jouet, une miniature qui avançait laborieusement dans la boue. Elle était d'un blanc bleuté… est-ce que c'était ça ce qu'on entendait par « bleu glacier » ? « J'ai une voiture bleu glacier, d'un bleu presque blanc, comme la neige. Elle tombe en panne tout le temps mais je l'ai choisie pour sa couleur. » Elle l'avait entendu, parler de sa voiture avec Michel. C'était lui ? Qui d'autre ? Il revenait de la gare avec sa femme.

Il ne fallait pas qu'ils la voient, oh non, surtout pas. Éva tourna une tête affolée dans toutes les directions, pour trouver un endroit où se cacher. S'ils la voyaient, elle mourrait de honte, mais elle mourrait vraiment, vous comprenez ? Elle ne supporterait pas qu'Edgar et sa femme la trouvent, là, abandonnée. Et le seul moyen de ne pas avoir honte, de ne pas rougir, ni pleurer, c'était mourir, et elle en était capable. D'abord, elle ferait semblant, en s'effondrant dans la boue, les yeux fermés, la bouche ouverte. *Au point où elle en est*, se dirait alors la Mort, qui lui donnerait le coup de grâce. Oui, plutôt mourir que d'être cueillie par Edgar Homme, comme une petite chose molle, tachée de boue, dont personne ne veut.

Éva se rua vers la forêt qui bordait la route. Elle courait désormais sans se soucier des flaques, des ornières, de la boue liquide qui dégoulinait sur ses mollets. Elle entendit quelque chose qui tombait de son sac à main, et se retourna sauvagement pour le ramasser, avant de se raviser. Pas de temps à perdre, il fallait courir, disparaître. Plus elle courait, plus elle avait froid. Et pourtant la terre devait être chaude, car la pluie s'évaporait dans des fumeroles qui montaient au ciel.

Elle s'accroupit derrière un pin écorché qui laissait voir son tronc rouge, suant de résine. Éva s'en mit plein les doigts. Elle observait ses mains collantes qui avaient pris la forme de pinces, quand elle entendit la voiture passer. Par prudence, elle resta cachée derrière le tronc d'arbre. Elle ferma les yeux, et sous ses paupières qui tremblaient, elle les vit ensemble,

Edgar et Christina, dans cette voiture bleu glacier dont le pot d'échappement toussotait. Ils chantaient à tue-tête un tube des années 70, et à chaque refrain ils se prenaient la bouche, comme pour se féliciter d'être si heureux. Leurs baisers provoquèrent une embardée, *aaaaah* ! Edgar fit semblant de perdre le contrôle de sa vieille Renault, Christina gloussait en secouant ses épaules.

Un rire, mais un rire bien réel, qui flottait dans l'atmosphère, lui fit rouvrir les yeux. Instinctivement, Éva se plaqua contre l'arbre, pour se dérober à ce rire, se recroquevilla dans sa veste en daim, puis l'entendit à nouveau. Elle était persuadée d'en être la cible, avant de voir qu'il provenait d'un pic-vert au-dessus de sa tête. Elle se laissa tomber par terre, à moitié soulagée. À moitié, c'est bien peu quand on souffre autant, pensa-t-elle. Le contact de la terre sur ses fesses lui fit l'effet d'un coussin moelleux et chauffant, mais bientôt la chaleur s'évapora pour ne laisser que de l'humidité. Sa robe avait foncé d'un ton, à cause de l'eau qui l'imbibait. Éva était trempée, elle ne savait pas comment elle avait fait son compte, mais ses cheveux aussi étaient mouillés, à peine l'eut-elle constaté qu'elle se mit à claquer des dents. Ce n'était pas normal d'avoir si froid au tout début d'août.

Comment ferait-elle quand viendraient l'automne, l'hiver ? Comment survivrait-elle à cela ? Au cours du temps, aux jours, qui passent les uns après les autres, plus froids, plus courts, plus venteux. Un instant, elle voulut s'allonger dans la terre, pour sentir sa chaleur, juste avant que l'humidité ne la rende glaciale, et puis elle repartirait, elle s'arrêterait dans le premier hôtel qu'elle croiserait pour prendre une douche, un bain... manger une soupe. Mais elle resta assise et grelottante derrière le tronc d'arbre. Elle n'avait la force de rien. Pas même celle de saisir son téléphone portable et d'appeler quelqu'un à l'aide pour qu'il vienne la sortir d'ici. La seule chose qu'elle fit, avec la constance d'un somnambule, fut d'extraire de son sac sa trousse de maquillage et de chercher son tube de rouge à lèvres.

Dans sa paume collante de résine, elle cala son miroir de poche et, dévisageant son teint trop pâle, que semblait même avoir abandonné ses taches de rousseur, elle se mit à se peinturlurer le visage de rouge à lèvres. De longues flammèches sur ses joues, son menton, son cou. Elle s'en mit partout, partout où Edgar avait roulé sa langue la veille, et se déshabillait au fur et à mesure que le rouge s'étalait sur sa peau. Pas une seconde, elle ne se dit qu'elle était devenue folle, elle agissait au contraire avec sérieux, guidant le tube doré sur ses bras, sous ses aisselles, dans son nombril, sur les poils roux, qui commençaient tout juste à se fissurer de gris, de son pubis, autour de sa vulve, le long d'une veine bleue qui parcourait sa jambe. Le rouge devait parfois composer avec la terre, la boue, et ça donnait un pâté plus sombre, comme une croûte de sang séché. Éva maquilla son corps jusqu'à ce que le tube se vide, alors elle s'étendit de tout son long sur la terre fumante, et ferma les yeux. Elle ouvrit légèrement la bouche, comme une momie qui tend à l'immortalité, et ralentit sa respiration, en espérant qu'elle cesserait bientôt.

Éva entendit quelque chose qui remuait dans les fougères derrière elle. Un oiseau, un loir, un renard ? En temps normal, elle aurait bondi sur ses jambes, et filé vers un endroit moins... habité. Mais elle demeura au pied du pin, le corps sanglant de rouge à lèvres, et son crâne si lourd de fatigue, qu'elle le sentait s'enfoncer dans le sol. La terre grouillait d'une vie repoussante, des vers, des scarabées, des fourmis et des cloportes, mais qu'est-ce que cela pouvait lui faire désormais ? Elle attendrait. Nue comme un cadavre, elle guettait le moment où la Mort elle-même s'y méprendrait.

10024

Composition
NORD COMPO

Achevé d'imprimer en Slovaquie
par Novoprint SLK
le 9 avril 2012.
Dépôt légal avril 2012.
EAN 9782290038734

ÉDITIONS J'AI LU
87, quai Panhard-et-Levassor, 75013 Paris

Diffusion France et étranger : Flammarion